MISHIMA YUKIO

三 島 由 纪 夫

作品系列

鲜花盛开的森林·忧国

译者 = 陈德文

MISHIMA YUKIO

三島由纪夫

上海译文出版社

目录

鲜花盛开的森林

那个女人在森林的鲜花丛中死去

她知道别处还有更加茂盛的森林

夏尔·克罗[1]散人

① Charles Cros（1842–1888），法国诗人，作品有《致我熟睡的妻子》等。

序章

我来到这块土地之后，遂产生一种隐遁的想法，我朦胧地觉得这是一种奇妙的衰老的心态。本来，这块土地和我自己，和我的血缘，都没有任何关系。当然，这不等于说，将来这块土地和我本人，还有我的子孙，都不可能发生更深层的关联。我抱着这种想法，登上房屋后面布满苔藓的逼仄的石阶。这是一座五坪[①]左右的高台，遍生着茂盛的青草，除了观赏风景，谈不上有什么用途。我一站在这座高台之上，平时那种恬静而虚空的内心，便产生一种对于往昔的炽热的乡愁。从这里望去，眼下的海湾一目了然，它迫向抱着脚下这座城镇的山峦。早晨和晚上，各有一班从这座城镇开往某大都市的班轮，这里也能清晰地听到汽笛令人心烦的鸣响。夜晚，灯火璀璨、状如顶针的轮船，憋足气力冲向海洋。然而，那线香般的火影移动得很慢很慢，眼里瞧着，不由得为它着急起来。

直到一两年前，我曾经反反复复思量过，所谓追忆，只是个可恼的玩意儿。我出于某种偏见，一贯坚持这种想法。追忆不就是往昔生活的躯壳吗？尽管有时关系到未来的果实，但它已经仅仅属于那些失掉现在、走向衰老的人们，如此等等。狂热的青春，总是极力为那种想法寻找肯定的理由，但是过不了多久，我就很快转变到另一种想法上去了。追忆是“现在”最清纯的明证。爱，还有献身，这些现实中过于清纯的感情，只有通过追忆，才能占有，才能求得正确的意义。这好比只有扒开落叶，清泉才能映照蓝天。那些撒落在泉水上的落叶绝不能映出蓝天的光辉。

其实，我们有着众多的祖先。他们宛如美好的憧憬，停驻于我们的心中，但也有不少站在我们的对面，令人困惑地和我们保持严格的距离。

祖先时常以奇特的方式同我们邂逅。人们也许会怀疑，但这是真实的。

树叶间漏泄着明丽阳光的日子，我们曳杖走近公园的栅栏。一进门，也许是在极为闲散的时间吧，不见一个人影的空旷的场所，却使我们泛起无与伦比的怀思。平素虽然从不持杖前往，但往往在这个时候，无意中携带之物，会使我们蓦然回忆起遥远的往昔，那是在一两秒内难得触摸传家宝头盔的感触。

遥远的池畔有一张椅子（在池水的反射和枝叶间太阳光映照下，椅子上或许已经光影迷离），一个人规规矩矩、纹丝不动地坐在上面休息。他忽然转向这边，接着，不知为何，他十分快活地站起身子，脚步飞快地朝这边狂奔。他穿过斑驳的树荫一直向这里走来，我们也激起孩子般的热情，犹如观看久已欲睹的绘画，一直注视着他。尽管如此，他走到一定距离，简直就像鱼儿融入清水一

---

① 土地面积单位，1坪约合3.3平方米。

般，那位亲切的人儿，早已和树荫里的光影融为一体了。——从我的独白里，人们也许会想象那是一位身穿带有家徽的和服和宽腿裤的神态萧散的老人吧？啊，这也许是真的。不过，这种情况可以说是极为稀少的。为什么呢？因为“那人”往往是身着西服的青年或少女。好，不必在乎这一点。他们好像事先有约，都是一副朴实无华、穿戴整齐的样子。他们从很远的地方向我们微笑，仿佛我们心中有一块吸引那副笑脸的磁石。那微笑带着悲切的近似憧憬的热情……

祖先真正居住在我们心中，那是多么遥远的往昔啊！今天，由于我们的心脏被各种繁杂事物所包围，祖先已经无法在我们心中居住。他们心神不宁，只是像时钟一样悲哀地环绕着我们打转。他们做梦都没有想到，今天的时代，严谨和美丽竟然如此背离。他们打心眼里哀叹这种天地悬隔般的别离。严谨，只不过是一块质地疏松、成分驳杂的岩石。还有，美丽，本是一匹秀美的奔马，它曾经向着晨雾溟濛的天空仰首长嘶，那是因为它一直受到驾驭和调控。只有那个时候，马才是纯洁无比的，老实听话的。然而今天，严谨撒开了缰绳，马几度颠扑，几度立起身子一路狂奔。它已经不再纯洁无垢了，污泥浊水弄脏和浸染了它的肌肤。虽说是绝无仅有，但如今依然有人希望看到纯洁的白马的幻影，祖先在寻找这样的人。慢慢地，祖先也会住在他们的心中吧？因为此处有着美好而高贵的共同生活的源头。

从此以后，在这些人心中，祖先将同真实毗邻而居。处于这个光怪陆离的世界，唯有通过辩证的手法获取的真实，才会穿上原来的衣裳吧？以往，单凭怠惰和畏葸求得的真实，也会恢复美丽的果敢吧？祖先一直等待着享受这些新的真实的孕育。祖先真诚地希望被这个世上美好的食粮所养育。这种姿态并非主动索取。他们始终不改变被动的姿态。他们一向循规蹈矩——犹如晚霞害怕夜的入侵，于畏惧和紧张之余，刹那间光耀一闪——始终如一，固守原貌，想尽可能多保持一分一秒的“完全”，丝毫不受瑕疵的侵害。——既是消极到极点的水一般紧张的美丽的一瞬，又是久远的时间。

一

在我出生的家里，深夜里时常听到火车的轰鸣。孩子受到天棚上繁乱花纹的惊扰，很难入睡，这喧骚的噪音在孩子的耳朵里，听起来宛若一种十分纤弱、未知的、亲切而华美的音乐；又如一座遥远而生疏的晚间都市传来的丝丝细语；听起来好似白兽穿过后门远去的一团秋雾；又像无声的焰火，火星飞溅，扩展到四面八方。那团薄雾对面，桔梗花如麻布坐垫的花纹一样寂寥、灰白……

孩子拼命挤进一个人独寝的梦境的缝隙，现实的声音在那里扮演着梦的角色。于是，那汽笛听起来——犹如呼啸的秋风鸣笛般越过繁花似锦的原野。冬雪初降的北国小站——火车装载着众多的盛满青苹果的箱子以及从远海运来的鲑鱼，由小站出发了。（车厢客席之间放着火炉，坐着围着围巾的姑娘，还有戴着护耳水獭皮帽子的老爷子。）——火车驶过早开的山茶花的村庄和烟气稀薄、生产萧疏的工业城镇，冷淡的列车只顾随意奔驰，对于如此可怜的景象竟不肯瞥上一眼。诸多幻象猝然浮现于孩童的心中。此外，越过黑色焦木围栏……可以看到一部分线路于雾霭中闪现着白光，巨大的机车头恰似哮喘发作，呼哧呼哧地开动了。那团雾霭散发着线香的香气……

父亲每次带儿子进城，都要按照儿子的心愿带他到线路一侧的围栏边站上一会儿。线路远方的霓虹灯犹如辉煌的落日的余晖，在黑魆魆的背景中似灿烂的星辰随意旋转。

正如大象所到之处，引得南国人一片欢呼一样，木然不觉的电车相交而过时，儿子就会在父亲的臂弯里又跳又笑，拼命地拍手……

那阵子，孩子经常梦见电车。宽阔的水泥门厅、高大的铁门和砖墙组合成的深宅大院，门前是一条灰暗的小路。梦中，这条路通行电车。电车通过无法知晓的前世都城般的大道……（充满着从铁桶中倾倒出来的光亮）……而来，这列既没有乘客也没有司机的电车，径直驶向黑暗的小路。孩子清晰地听见钢轨的碾轧声响，犹如病人磨牙一般。暗夜胀大如黑幕，车窗里透出暗红而虚晃的灯火，车身周围飞旋着色彩明艳的火花，晃动着红红绿绿的火星，宛若从铁皮玩具里溅出的一样。这种古老的市内电车，酷似玩具火车（电车无法通过小路），高鸣着响亮的汽笛从门前驶过……孩子侧耳静听，已经听不到了。夜间火车仍在远方鸣叫。不过，这趟市内电车也许正以浩荡的气势，流星似的由住宅左侧的斜坡飞驰而下，眼下一鼓作气，径直转过夜间灯火昏黄、紧闭着油纸格子门的火警瞭望台的一角了吧。孩子不知何时已经醒了。挂钟的秒针结结巴巴发出细流般的响声。不久，屋内的家什显得陌生而高贵起来。挂钟敲响了。孩子被钟声吸引，又重新进入梦乡……

一旦站在这座高大的铁门前面，想象着住宅里的生活情景，无论是谁都会感受到强烈的震动。透过布满蔓草花纹的铁门，人只能窥见区界分明、井然有序的前庭和覆盖着鬼头瓦的正门。正门所在的一栋房屋面对当门而立的人，壁垒森严，发出近乎宿命般抗争的挑战。砖墙遮蔽着住宅内部的一切，割断了外人的视线，就连花草的馨香和高朗的欢笑，也都被那潮湿的空气吸收殆尽了。

父亲平时不在堂屋里，宽敞的三栋温室近旁，有一间草庵式样的小房，父亲经常住在那里。堂屋和草房之间，有海洋般广阔的花圃、菜地以及种植着葡萄和梨树的果园。夏天，葡萄园里蜂虻如云，即使人靠近，有的蜜蜂停在宽阔的葡萄叶上，一动不动。我看到庭院那边夏云攒聚，发出耀眼的光芒，蜜蜂的羽翅和金针般尖锐的体毛金光闪闪，招人喜爱的夏云渐渐弥漫了蜜蜂那双金色的大眼睛……

堂屋里住着祖母和母亲。父母分居，在我幼小的心灵里留下困惑。夜间，祖母受病痛的折磨早早就睡了，我也发出昏昏欲睡的呼气声。这时（其实我两眼圆睁，一直注意母亲的动静），我看到，母亲换上室外木屐，沐浴着果园明亮的月色，拖曳着颀长的身影，匆匆走进父亲的草房。就在这个时候——莫非神经在作怪——我感到满心欢畅，一直目送着浑然不觉的母亲的背影，强使自己深怀感念，心性安然，不作他想。祖母罹患神经疼，经常发生痉挛。痉挛开始时，犹如妖魔附体，无法避免。每当听到她低沉的呻吟，痉挛就像无形的水波，在病房中的烟盘、药柜、香炉等小小的家什上面弥漫开来，一刹那，整个屋子都处在极端麻木的状态之中。当痉挛如山雾般退去，房子里的香炉、小箱子和药瓶子等，又一概充满沉痛而单调的呻吟。这固然是发生在这个房间之内的事情，这种叹息和呻吟，在外人看来，无疑是难以想象的。但是，痉挛整日、有时持续几夜地发作，就会出现一种明显的预兆，这就是，“疾病”将会蔓延到整个家中。

“给我倒药吧，孩子。”祖母带着似醒未醒的语调吩咐道。这是由衰老的喉咙里发出的柔和而沙哑的音调，好似枯笔山水，甚至带着些乡愁。然而，由于她硬是保持着不自然的姿势，其后又不断地哼哼起来。祖母平素总喜欢用高脚葡萄酒杯喝药。我双膝并拢，对于如此大任多少有些紧张，终于打开了药水瓶盖子。至今我依然记得，软木塞放弃自身的作用——由束缚之中解放出来的瞬间，瓶子底部发出一种奇异、蠢笨、干涸而又不可思议的响声，细想想，无形中总觉得有某种征兆似的。一拔掉塞子，我就把装着颜色好似浓葡萄酒一般药水的瓶，倾斜着拿在手里，轻轻靠近玻璃杯一旁。我知道，玻璃杯只能容下极少的剂量，凭着这经验，我本应该是无意识地缓缓操作的。可如今想起来，觉得当时的动作实在太笨——药液好似被一样颜色的东西堵住了，怎么也流不出来。我就着阳光微微晃动着瓶子，里头什么也没有。我再次将瓶子歪倒，还是流不出来。这时，我恍然大悟。原来，歪到一定危险的角度，我的手腕的筋骨就像一把铁钳，将瓶子卡紧了。这就像门扉的铰链，开到最大限度，门就关不严了。我把这看作是迷信，感到愚不可及。不过，这时候我的心脏与此相反，突然有些抑压不住，激动得怦怦直跳起来。接着，我的手不住颤抖，几乎不能再把药瓶歪倒下来。这时候，我清楚地看到药瓶子里有一只“疾病”精灵，它极其矮小，并拢的双膝托着下巴颏儿睡着了。莫非它丝毫没有觉察到，自己的身子正在药液的海洋中沐浴？

堂屋顶头有一排旧式房间，我去那里看过头盔、铠甲和黑毛腿般的长刀。回来时在通往厨房的走廊上婢女同我分开，她对我说，再往前就没有什么可怕的了。说罢，她就朝对面走去了。说真的，前边对我来说是最可怕的。但我不好意思说出来，只好像往常一样，只是用满含近似哀诉的眼神瞧着她。然而，婢女竟没有回头。这里离祖母的房间还隔着三四间屋子，走廊只有这么一条，还要拐三道弯儿。我害怕得直发抖，白天明丽的风穿过黑暗的走廊，我就像那风，飞也似的跑过去了。经过每个拐角（一个人肯定会的），我都遇到“疾病”精灵，它也是三步并作两步急匆匆跑得很快。个子比我高大得多，有的没有脸，有的有脸。一个有脸的——它正在天真地傻笑。看来这个“疾病”精灵，离死还不太近，它无疑是给那些离死更近的“疾病”精灵送信去的。有一天，我的右手小指稍微摸了一下那湿漉漉的、看不见的东西，当天一闲下来，我就一个劲儿洗小手指。洗得过分了，指尖又疼又胀，从未在意过的指纹出奇地干净，看得清清楚楚。这指纹使我想起害得我不能入睡的天棚上的木纹，以及“疾病”精灵经常令人想起的象形文字。

母亲是个顽固的女子，她对自己的言行从不反悔，正像蜜蜂不回头看一眼飞来的路。但是，蜜蜂绝不会弄错回巢的路。可母亲在这些方面经常出错，以致在别人眼里，显得那样蠢笨。因此，她没有真正意义上的追忆。为了使她的思绪回到过去，需要摆出一大堆理由。在母性方面，她也许不缺少什么，但她是“现世”的女子，她既没有经历过美与严谨悲壮的别离，也未曾聆听过先祖们拥塞于胸中的挽歌。

对于母亲，我觉得她只是装饰在宝物末尾的一片尚未干枯的、色彩鲜丽的人造树叶——虽然衰颓，仍旧充满徒劳的意欲，是个多少有些美国化了的典型。不管如何，都无疑是一种衰颓，但却同更加顽固而新鲜活泼的假面十分贴合。她不知道如何表露自己充满心间的真正的矜持。母亲已经舍弃贵族的眼眸，而用假借的资产阶级眼镜随意装扮起来。然而，这眼镜始终是他人之物。母亲的这种“表露”只能看成是“虚荣心”三个字。虚荣心——十多年前，日本还没有这个讨厌的词儿，我权当是美国人的语言……

再说母亲，自那以后，她从一切事物上都看到“虚荣”的幻影。这种幻影用最卑劣、可憎的残忍手法，将极为高贵的东西抹杀了。母亲不是以严峻的目光面对虚荣，而是以严峻的目光摘取虚荣。虚荣本身只具有姑息的目光，而且，它敢于优雅地面对所有高贵的严峻的目光。

“我一直干正当的事情——也就是理所当然的事情，任凭别人怎么看怎么说，我都不在乎。”……这句话成了母亲的口头禅，可是，真正的矜持又怎么会说出这等话来呢？这样的暴露和独断，是从什么时候开始具有“正当”位置的呢？不用说，始于那个别离之日——唱起挽歌的那天。真正的矜持不是盛气凌人的。它像娇嫩的细竹，小心翼翼。没有这样的自信和确信，也许还会遭到人们的非难。但是，最高贵的东西也来自最坚强的东西，就是说，它产生于这个世界可能存在的小巧、优雅而美丽的东西。确信和自信等不纯之物，绝不会包含于其中的。

母亲战胜了父亲。

父亲（他将一生献给各种植物的品种改良和珍奇生物的培育，

组织了形形色色的闲人协会）——他对母亲没有感到不满和愤恨。因为他失败了。

秋季的一天，我看到了父亲这样的身影。父亲带领几名园丁，站在灰黄和浅蓝色田地里，仰头凝视着天空。父亲的姿影虽然那般孱弱和单薄，但在丰醇的美酒似的秋阳辉耀下，望过去宛如久远的飞鸟时代[①]的佛像。那时候，一派紫色帷幕般美丽的秋空中，我一眼瞥见我们家气象恢宏的家徽。

---

① 指公元六世纪末至七世纪前半，以奈良盆地南部飞鸟地方为国都的推古天皇前后的时代。

二

我明白我的憧憬之所在。憧憬宛若一条河。河的每一部分都不是河。因为河水在流动。昨天的河不是今天的河。但河永远存在。人们可以指认它，但无法叙说。我的憧憬正是这样的存在，而且祖先也是如此。难得的是，我有着武士和公卿的祖先。不论我到哪一方的故乡去，我的列车一路上总是依傍着美丽的、时隐时现的河。河无比高雅地一直守护着我的旅行。啊，那河！我理解它。那是由祖先到我传承下来的一种默契。那憧憬或潜藏或隐蔽在某个地方，但它没有死。它就像古老篱笆上的玫瑰花，今天依然生机勃勃。在祖母和母亲那里，这条河打地下流过。在父亲那里，这条河是涓涓细流。在我这里——它不变成泱泱大川，又会怎么样呢？它明丽如彩练，它欢然似神曲！

祖母死后，从陈旧的柜子里发现了数帖熙明夫人的日记和家藏的古本《圣经》。《圣经》收在螺钿雕漆的书匣里，外面裹着锦缎。日记凡五帖，封皮背面印着银粉铺底的小松树，扉页上是一位牧师书写的两三行《圣经》中的文字。牧师出生于西班牙，在南方某殖民地长大成人。他的那些异国文字我无法判读，然而那种发音，不能不令人联想到两只古老的玻璃球相互摩擦发出的清脆的音响。

夫人自身就是我们的远祖，她是一位热心的教徒。她的丈夫也一样。她丈夫的城堡位于南国一处海湾附近，就像如今我的这座寂寥的住居。

夫人日记上的日期不太准确，从五月一下子跳到八月，八月十日之后的十六日其实是十一月十六日。自然也有未标明日期的。她丈夫体弱多病，为了照顾病人，她似乎没有过上一天安宁的日子。而且，城堡中随处飘荡着的、含蕴着昏黄、绛紫、灰暗等种种光影的空气，消磨了她的柔顺的时间。

夏季的一天，她在日记中这样写道。

那天，快到中午的一段时间里，她的丈夫安然入睡了，宁静的病房里，一切都陷入恍惚的状态。屏风上的寒山拾得、绘有泥金画的雕漆家具、榻榻米鲜艳的缎子镶边，还有朦胧地守在城主床铺一旁的他的“疾病”的精灵……夫人唯有这一刻，才会从愁闷而哀伤的护理中解放出来。她对随侍在一旁的侍从叮嘱一番，然后穿过阴冷的走廊。这段走廊被上面投下的光线映射得微微发亮，连接着抬头可以窥见天上明朗阳光的楼梯。夫人登上楼梯，脚下发出阴森的咯吱咯吱的响声。

身子靠在楼阁的栏杆上，感受到季节的姿影和温度。太阳强烈地照射着一直闲置无用的积满尘埃的廊柱和墙壁，赋予这些东西新鲜的韵味和明朗的色彩。遥远的城墙下方，城门隐约可见，从那里开始是坐落在一段缓缓斜坡上的市镇——犹如洪水季节，巨流随处狂奔，各种断垣残壁一股脑儿堆满逼仄的街道——黝黑、低矮的屋宇栉比鳞次，重重叠叠，一律以同样的角度沿斜坡倾斜着，绵延到海滨。有的房顶，烈日像照在漆器上，光芒四射。市镇郊外，连着一片黑魆魆的松林。远方，可以看到浩渺、宁静的大海。海面上空阴云密布，看不到水平线。唯有那一带变成了阴湿的沙地，雨云层层聚合，经久不散。也许是幻听吧，夫人从那里听到了好似远雷的轰鸣。她想到自己郁闷的心情一如这浓密的雨云，并随着雨云一同扩散开去。也许是夫人的这种担心，使她将视线从那些风景上转移开了吧？她离开栏杆，又走向对面的栏杆，由于城堡位于广袤的山麓地带，这边栏杆的正前方，面对着柔和的山峦。对面的山略显遥远，而右手一带丘陵般平缓的山坡，正亲密地向这里逼近。

眼下围绕着好几层白色的围墙和堞城，清晰可睹。树木蓊郁，枝叶茂密的樱树丛中，蝉声如潮。遍山绿叶明暗离合，显现出微妙的调和。山巅一带，清风掠过，掀起一阵喧嚣，林木动摇，光明闪耀。有一处山腹凹陷似棚架，那一带树木稀疏，草木的枝干光耀夺目。闪光的草丛里，时时浮现着银亮的白点，看样子那是百合花。微醺的风拂拂吹送，闪光的东西依旧闪光，仿佛凝结为天上的一瞬，兀自不动了。这时，空气清新无比，就连远方难得一见的雾气萦绕的远山，以及淡蓝色的海洋，也都变得伸手可及了。随之，于宁静之中，万物皆可触摸的豪奢的情怀，就在她的心里冉冉升起。夫人憔悴而白皙的面庞，这时无疑出现了平素所没有的明朗而愉悦的神色。抑或是她那绵软似蒲团的肥硕的右手，悄悄触摸坠在胸前的银质十字架所致吧？又或许是那动作给了她自身一种超自然的欢快之情吧？

她想起来了。那是去年春天丈夫还很健康的时候，有一天她和侍女们到凹陷的山腹采摘野菜。嫩草刚刚抽芽，草叶上凸现出细长的叶脉，无比温润、柔和。采着采着，来到凹陷之处，只见上方垂挂下来一条细流，说是瀑布，又嫌太小。凹陷的上边，可以看到美丽的鲜花，那里竟然有一股淙淙流淌的清泉不断倾泻下来。因为山路险峻，那天只好勉强折返回来了。——这段回忆十分强烈，使她再次凝望着那处凹陷。此时，凹陷变得就像佛龛一样。

这种凝视于无意识中含蕴着痛切的希望。这种清纯的转瞬即逝的希望未必是纤弱的，尽管这种希望连她本人都没有觉察。不敢肯定，这类希望绝对不会趁某种机会推动神的意志。希望随着美丽的羽翼向目的地飞翔，借此为即将发生的某种奇迹做好准备。

就在这个时候，她看到凹陷的百合花丛里，有个雪白的东西闪闪发光，好像是树干，但似乎很纤弱，不住地随风飘荡。凝睇一瞧（是翅膀在起作用），似乎直奔这个方向走来。夏日的阳光依然毫无变化地普照大地。蝉声聒噪，铺天盖地。从草木嫩绿的溪谷到树林浓密的丘陵，一切都闪现着温暖的光辉。她眨着眼睛，打算仔细将那光亮的物体瞧个明白。看上去虽然模糊一团，但那似乎是个披着乌亮的长发的女子。她身穿白色的长裙，一个白色的光点稍一离开身子，就会泛出同样的银白的光点，莫非那女子手里拿着一朵百合花？不用说附近，就是在都城，也看不到这种穿着奇特而高雅的女子。夫人被女子的姿影深深吸引，全然没有注意她装束上的怪异……

她觉得有些奇怪，既像一个陌生的人，又像是相熟的人，老是觉得在哪里见过。面貌上不敢肯定，因为她一直闪闪发光。

蓦然间，她借助光亮，看到那女子胸前坠着一个更加耀眼夺目的东西，一种直感震撼了夫人。这时，夫人觉得那个女子的脸上满含微笑，一双奇异的眸子正对这边凝望。

夫人感到一阵眩惑。转瞬间，凹陷上的一切，夫人再也看不见了，深切的反悔在她心里慢慢扩散。啊，那是十字架！圣母胸前闪光的东西是十字架。夫人用手触摸一下自己胸前的十字架，她看到那一带洒满灿烂的阳光。她想象着从那里向这边瞧着的女子眼里自己的姿影，那上面重合着女子的姿影。她对自己心中的傲慢感到颤抖。她真想跪下来。然而，一种东西支撑着她，使她无法跪下。一切都像梦幻一般。眼下，她的心中既没有天堂的繁华，也没有“良心”的喜悦，她空无一切。感动包裹着她的全身。感动本身，没有欢喜，没有悲叹，它是一种生命力。夫人思忖着，人一时竟然能看到一切，这是可怕的，也是珍贵而又美丽的。尽管看到一切，但于瞬间之中却无法获取一点意义。不久，酝酿于心灵中的东西，就会将自身的意义，极为徐缓地渗入“已见之物”的表面。然而，夫人所惧怕的是，莫非那种意义，已经同真正的意义相去遥远，根本无缘吧？接着，她对自己那瞬间的凝视一味悔恨起来。“啊，我要是一开始就双目紧闭，跪下来祈祷，那该多好！那时，真正的意义就会以一副纯洁无垢的姿影，活生生映现在我眼前。”悔恨和喜悦交织在一起，每当这个时候，她的整个身子就像鼓胀的风帆，填满了喜悦、悔恨和其他各种感怀。终于，夫人跪下了。祈祷不久像鸽子一样飞向四方。祈祷只能是生命力的流露。她已经不是人体了，她的生命力，如今就是她自身。长久的祈祷之后，她感到浑身轻松，犹如刚刚睡醒的孩子。夫人惶悚地环顾四周，只见那雨云迅速布满城楼的上空。她茫然远眺，眼看着风景染上一层淡墨色，耳畔似乎传来轻微的歌唱。夫人猛一回头，一只蜂子正在那里懒洋洋飞翔。她这才发现，对面庇檐下有一个大蜂巢，以烟雾迷离的大海为背景，一些蜜蜂麇集在蜂巢周围……

这天的日记，夫人的笔墨在跳跃，有几行文字潦草得出奇。其他时期都很规整，文字也有几分冷淡。只有这一天，写得不像是她本人的事情。只有这天……书页上的那朵“小花”开放了。

看来，这奇迹她只告诉了那位牧师。牧师没有以此作为传道的手段，在这一点上，他不失为少有的品德高尚的人。

夫人看到的究竟是什么？长期以来，成了我永久的课题。细想想，也许只有在走投无路的时候，憧憬才会成为摄取的美好手段。憧憬很早之前，就在她的心中成长。她的祖先在她心里播下了珍贵的憧憬的种子。那种子生出嫩叶，茁壮成长。为什么呢？因为夫人对于人世，对于美好的人世抱着一颗高贵的心。“圣母”显现前的那一刻，带着嫩叶的蓓蕾充满勃勃生机，眼看就要绽放。

花开意味着生命的诞生。莲花开放时，鱼儿在雾气萦绕的池子里睡觉，又圆又大的叶子上面，停歇着青色的、身体清亮的小飞虫。莲花绽开的声音，也许谁也没有听见过，但是那声音，一边支撑着摇曳不定的花朵，一边像钟声一样，越过山山水水，传向远方的故乡。人听到了，也许以为是鸡舍里群鸡振翅的响声吧？实际上，这也许是人的生命脱离母体之后，刹那间窥视蓝天的呱呱之声。人一生都相信这哭声，成长中的孩子，也只让他们获取这一个确证。这些孩子的父亲或祖父……一切听过这种声音的人，直到临终之前才会懂得生命的真正意义吧。这时候，人将再一次听到菡萏开放时飞越千山万水的响声。

夫人登上高高的楼阁，她靠的是即将开花的力量。她的这朵花准备就照那样开放。

就是说，开花的憧憬正巧碰上了那圣洁的幻影。假若没有碰上，那个女子永远都不会出现，因而永远也不会消泯。她将以不鲜明或无可鉴别的彩色，自始至终永久隐藏在夫人的心目中。正因为如此，那个女子的微笑含有一种奇异的、无法回避的东西。危机时常使人们的嘴唇浮现微笑。幻影中的女子快速向这边走来，她是为了逃脱不可避免的深渊。然而，她转瞬即逝了。——不对！也许那危机反而为熙明夫人所有了。犹如古代的高僧看到地狱的情景，夫人也许清清楚楚看到了天地的分界线。为了这种生命力很少冒犯的危险，自那之后过了半年光景，她便皈依于神的安息之中了。

三（上）

平安朝出现了衰微之势，鹤之林[①]繁茂的枝叶也时时泛白。而且，庄园里不平静的谣传也流入了庶民的耳朵。这个故事就诞生于这个时期。这本书就是献给据闻是我的远祖、一位地位很高的殿上人[②]的。其中的一卷，至今依然收藏在我家的书库中。揭开书匣的时候，我感到作者旷世的热情，这同我血统的某一特征极为类似。这么说来，这本书和我们家族共居一处、度过了长久的岁月——仅凭这一点，它早已同我的血统结下了不解之缘，不是吗？本来，这个故事的作者并非一个出身高贵的女子。她同我的家族始终没有任何缘分。但是，她同我上述那位远祖一直保持着秘密关系。某年夏天，男方接连几夜暗访女子绣闼。这本故事书就着笔于当时的回忆。女人热情如火，男人冷若冰霜。而爱的纽带虽历经风险亦未断绝。女子曾经入宫随侍——虽说职位不高——有了这段经历，她言谈举止总带着几分高雅。男方夜夜来会，女子苦心经营，一手将香巢拾掇得窗明几净，美丽而又温馨。她不温不火，凭着当年宫中女官的谨慎，有效地平静了男人焦躁的情绪。

话说这位女子，本来有一位幼年相好，他不久进入京城附近一座山寺，剃度修行。由于俗根未断，烦恼日炽，欲火难忍，遂不择手段，千方百计，频繁致书于女子。未几，那位殿上人情薄意淡，眼看秋令将来，凉飔侵身，女子复又寄情于那位已经落发为僧的幼年相知了。

要说女子移情旧好的动机，多少有些要小性儿和嘲谑之意。虽说如此，对一个冷淡无情的男人突然撒起娇来，又不为她自负的性格所能容许。不过，她内心里时时怀着不安，生怕这样下去，最后被两个男人一同抛弃。这万端思绪给她带来了古典式的困惑和悲戚。

故事开始叙述了这段过程，写完下一段就结束了。这个故事由下人自昔日尼寺携出，将自身行状有意编为有形之故事，献给已经将自己忘却的那位贵人，借以表示忏悔和谢罪。此女子良苦之用心，但愿不被人硬是作为当时宫女文学热之仿效而加以嗤笑吧?

月明之夜，竟然也为如此精心的策划留下一个不合道理的显证……女子在山寺附近小丘的松树下边焦急等待，周围泉水四溢，声声可闻。粉状的飞沫形成水的焰火，喷洒在夏日的胡枝子花上。萤火虫在茂密的叶尖儿上闪光，女子满含爱怜地看得出神。她不认为那萤火虫是在“自焚”，它只是虔诚地在体内守卫着外部强加来的那盏灯笼……女子朦胧觉得那是多么柔顺而美好的一生，全然没有预料到自己的人生也与此相似……

不一会儿，远处一棵高大的松树下面，一个弓着身子的人明显地滑了一跤。那男子极力不发出声响，一边注意四周的动静，一边战战兢兢朝这里走来。女子一副盛气凌人的样子，不屑一顾地瞧着

① 佛祖涅槃，沙罗双树林亦为之变白似鹤羽，继而枯死。

② 允许上殿的官员、贵族。

男人的脸孔……但其后一想，觉得他一个修道僧敢于冒犯戒律和自己一同私奔，瞧着男人那狼狈的样子，也就不再苛责他了。

两人沿着河滩的沙碛一路奔波，远远地逃离了都城。河滩上草木繁茂，沙碛里长出了一簇簇水母子草和鸭跖草，湿漉漉的夜露不住流淌下来。萤火虫幽幽离开草叶，渐去渐远，不久便融进星光之中了……男人对她说，现在去投奔他的一位远房伯父，在那里略作准备，然后回纪伊老家。女子同意了。在她看来，这些都是男人按自己的意愿行事，但如今可以依靠的只有他一个人，所以只好默不作声了。

他们溯流而上，河水哗哗地流淌。女子渐渐顺从了。同刚才相反，男人精神焕发，女子垂头丧气。

“啊，这声音多可怕呀！”

“不不，海不会那样……”男人只是随口应和。

出了伯父家门，一路直奔纪伊。这时，男女两者的关系和在京城时大不一样了。女子变得温柔体贴，全心全意指望着这个男人，仿佛她早把那些咄咄逼人的回信忘得一干二净了。

“大海？大海是什么东西啊？我出生以来，从未见过那些可怕的东西。”

“海就是海嘛，不对吗？”男人说着笑了。

——抵达男人的家乡纪伊的时候，远近景物已经染上浓丽的秋色。从回到家中那天晚上起，有两三天光景，女子被喧闹的海潮吓得心惊肉跳，她一直躺着不动，根本不敢打开格子门。

第四天早晨，女人痛下决心，为了不让丈夫看到自己因害怕而变得心神不安的样子，趁着丈夫不在，一个人独自走向海边。一出家门，她就看到海水像一条细细的缎带，闪闪发光，但汹涌的波涛，一直震动着她的脚下。她捂着脸径直向岸边奔跑，潮风打耳畔吹过，涛声在身边轰鸣。当她感到脚心踩到干燥而温暖的沙滩上时，浑身绵软，不由颤抖起来。女子终于松开捂在脸上的双手。

辽阔的海面无边无际，看起来一切景物都各得其所，浑然天成。头顶上晴空万里，彩云飘动，如画卷一般闪耀着金光。右前方一带是翠绿的长长的地岬，犹如一条优雅的臂膀将海面紧紧搂在怀里。女子第一次看到大海，她心潮激荡。正如人受到突然一击很少能立即感到疼痛一样，女子一刹那，似乎体会到一种和自己预想的恐惧似是而非的东西。她胸中刚有所感，海神早已进驻她的心间了。被杀之前虽然预料到被杀，但却出乎意料地冷静——女子处于这种奇妙的恍惚里，其中虽有着命定的预感，但预感毕竟不会波及现在，它只是美好而孤立的现在。绝缘的世界也有一时的清纯，那里呈现着无与类比的被动的姿态。过去是主动，今后还将是主动，然而不能没有被动。伴随沉没的清纯的放逸，可以容纳一切，而又不为一切所沾染。这不就是"圣母"一样的胸怀吗？神秘的丰蕴的怀思，被包容的恍惚，所有这一切，女子一旦身处其中，然而又旋即离去。

难以救助的重荷和畏惧压在她头上。大海在她胸中卷起狂涛巨澜。她似乎被罩在一只大缸下边，成了瓮中之人了。

一回到家里，女子瑟缩着身子，盖上被潮风弄湿的被子……

自那天起，女子的心情发生了变化。昨天还是个贫穷的僧人，今日忽然变成个威风凛凛的汉子。她对他暂时点燃的热情和信赖，又逐渐淡化和冷却下来。对一个靠不住的比丘不管是冷淡还是抱着自我优越之感，那都情有可原，可她现在的内心实在有些奇妙。男人对她也毫无办法。她借口害怕大海而长卧不起，一跟她说话，她就反应强烈，随口顶撞。若是如此心情，还是向丈夫敞开心怀诉说一番才好，可她根本谈不上什么“敞开心怀”，更看不出依靠丈夫的样子。她经常一时兴起，飘然来到海边，凝神伫立，痴痴地眺望着往来如织的渔船。最后，总是满脸苍白，心神不宁地走回家来。

渐渐的，夫妻两人在言语起居之间，开始孕育着一种莫名的危险。有时候她正要蹲下身子关紧障子门，不想再看到大海，谁知这时丈夫突然“哗啦”一声打开门，一头闯了进来。女子泪湿襟袖而不干，这样的日子渐渐增多了，可是，每当男人躬身跟她搭话，她总是柳眉倒竖，诟詈不止。

又一个春天来临了，女子一个人独自偷偷地逃到了京城。是大海可怖，吓得她无法忍受，还是讨厌那个男人？但至少不是因为男人变得可怕起来。她一到京城，就落发为尼，身在尼寺，遂于青灯黄卷之余，写下了这个故事。女子于结尾之处，记下这样一段感想：

> 出奔的路上，只是感到男人既可怕又可信赖，现在想想，那也许是预先一心将男人当做海神的缘故。男人的一笑一颦，一举一动，我都从中看到了海神的影子。

这篇古风的女人逸事就此结束了。不过，我在这里根据阅读远祖系谱所获得的默契，想略作一些解释。我认为，所谓“预先当做男人”的大海的形象，以及初见大海时她将感情移归于大海，还有那位失去海的象征意义的男人的空寂……所有这些事项之间，总使人感到存在着一种暗示。

——就是说……

细想想，对海的恐惧不就是变相的憧憬吗？经年累月无意中深埋于地下的阴沉木，那种被掩没被压抑的憧憬，总有一天会一展风采。这好比一个天真活泼的孩子，整天关在房子里，就会变得少言寡语，性格内向。但是这种恐惧不同于一般常见的那种粗俗与鲁莽的“恐惧”，它虽然强烈摇撼着现实的人，但绝不会加害于他。这种恐惧，说不定还会于严厉的叱咤声里，促使某种精神因素发育和成长呢。人因恐惧其心理呈现被动状态，从而获得壮美的迅速崛起的余地。恐惧是一种“力量”，它推动人们走向不可估量的、目看不见的——“神”——所希望的“更加高贵”的前方。这本来同憧憬所起的作用完全一致……

解读这个故事的人一定会饶有兴趣地发现这种征兆吧。因为，真正的恐惧与作为憧憬假象的恐惧，两者之间的差异会立即了然于眼前。

那个因为害怕大海终日偃卧不起、且又不肯向丈夫一诉衷肠的女子，当时究竟靠什么忍耐下来的呢？诚然，那女子将自己的全部信赖都奉献给她所畏惧的对象——大海，而死死缠住大海的衣袖不放吧。两种恐惧之差就在这里。

此外，大海同我家系谱有缘，还有一个例证……

三（下）

这里有一枚照片。这枚照片呈椭圆形，嵌在硬硬的厚纸里。照片周围是一圈金色的蔓草花纹，用变体文字缀着照相馆的名字。……这是祖母的一位姨母留下的表情亲切的纪念小照。

这照片犹如一片干枯的花瓣，可以窥见其内里深藏着岁月缓缓的流动，以及几个夏天里强烈的阳光。

一位年轻的夫人。一身粉红的柔美的舞蹈服，裙子里支撑着鲸骨，像个胀鼓鼓的花篮（可以微微瞥见银色舞鞋的尖端）……然而……

室内榻榻米正中央铺着一小片波斯地毯，夫人柔软的足心（透过极薄的鞋底）微显迟疑地站在上面。夫人周围摆着光琳[①]风格的六双屏风，以及绘着竹林七贤的隔扇。也许长久以来处于微弱灯光里的缘故，古色古香的家具散射的光泽，就像一个极端疲惫的人所特有的严厉的眼神……

不用说，光凭照片是弄不清这些模模糊糊的家什是如何摆设的。可祖母记得很清楚，每当她把照片捧在手里，我就听她叨咕着，这个东西放在哪里，那个东西放在哪里，说得头头是道。就连我也大体知道那里的情景。

祖母对我说，那间屋子是很少使用的祖先的佛堂……

年幼的时候，夫人只透过墙缝看过大海。她心目中的海凭着她少女时代的情感慢慢发酵。几年后，她对大海的向往强烈了，那可是她本人无可驾驭的一种“生物”啊！她出身公卿之家，直到六七岁仍无缘见到大海。虽说有一次瞥见过大海，但那时自己还是个脚步蹒跚的幼童，只朦胧记得，海的表面像从未见过的蓝宝石一般闪闪发光。

“到哪里才能见到大海呢？海离这里远吗？到大海去要乘什么东西呢？”

属勤王派的哥哥，当时因失意，年纪轻轻陷入绝望之中，心灰意冷，憔悴不堪。

“什么大海，不管走到哪里都没有。即便去找，也是找不到的……这些道理你不懂……”哥哥回答她，脸上挂着凄凉的微笑，她猜不透哥哥的真正意图……

少女时代，全家迁往东京，途中经过海边。少女怀着眷恋的心情，久久凝望着眼前的美景：夕阳像熔岩一般布满海面，海鸟发出阵阵哀鸣，展翅飞向天空。

自那时起，少女看到大海渐渐地不再感到满意了。她现在似乎朦胧地觉得，那位死去的哥哥一番神秘的话语，宛若芬芳的熏风穿过耳畔，只等潜入花草丛中之后才会散发出香气。憧憬犹如一条

---

① 尾形光琳（1658—1716），江户中期画家。初学狩野画风，不久倾慕光悦、宗达的装饰画风。亦长于泥金画、染织等工艺。代表作有《红白梅图屏风》等。

蛇，眼下正在蜕皮，只有在这个时候，恍似病痛缠身的憧憬，才能彻底摆脱重负，心性安然，平静似一湾清水。然而，这绝不等于说，少女已经失去眺望大海的兴趣了。

蛇更衣之后，对于大海的希望，更加转向别的方面了。虚幻而又柔美的蛇衣之后，等待着更加欢然跃动的憧憬。远海上漂浮着晴明而神奇的岛影，岛上的居民身穿色彩迷人的丽衣，硫酸雨般的阳光潇潇而降，孔雀和鹦鹉相互嬉戏……暗秘的宗教、人所不知的祭典、兴隆繁盛的王国……她胸中满怀着这样的幻影。为了去热带，必须首先经过大海。因而，她对大海的憧憬始终没有消失……

因为父亲有一段时期从事外交工作，时常有泰西之人出入家门。这些身穿白麻制服、头戴钢盔的异邦来客，他们带来的礼物是身个儿魁伟的“椰子”和南国缀有英文说明的摄影集。她总是带着好奇而亲切的眼神……时而像遥望故乡的风物……时而像注视着自己的内心……凝望着这些礼品。不用说，她的怀想不是针对来客本人，而是他的装束和礼品为她载来的“心情”……这种心情君临于那“人”和礼品之上，如佛光一般包裹着人和物，具有一种使周围的一切渐渐与之类似的兴奋剂般的作用……她的怀想就是如此。——夏天的夕阳水一般波光闪闪地倾泻下来的时候，她忘我地沉溺于热带的空想之中。（夕阳如雨，经过众多喧嚣摇曳的树叶的过滤，化作水沫般错综复杂的小圆点——看上去犹如哭泣时泪眼中一连串重叠的镜头——透过一扇窗户，穿越镶着花边儿的窗帘，向着富有北欧情趣的坐垫、安乐椅的麻布罩以及壁炉台上给人以清凉之感的小石子，一股脑儿胡乱倾泻过来，犹如闪烁不定的火焰，房内猝然发亮了，转瞬间又暗了下来……）

就这样，她的憧憬渐渐增强，她由此也使自己坚强起来。可恼的夏天让她等得很不耐烦，这是因为她对大海和热带的憧憬主要是在夏天的早晨，或者落日之前果实芳醇的时刻里才能得到实现。她沉醉于憧憬里，这确实是一种忘我的毅力。而且，不论在任何场合，忘我总是朝着排他的道路推进，换句话说，就是抹消一切存在于“他”中的“我”。抹去“我”的时候，那奇异而强大的生命，反而又在原处剧烈地喷涌出来。

由于那时候几乎没有“避暑”的习惯，夫人好几个夏天都没有看到大海，她心中甚为不满。她之所以对丈夫很不满意，是因为她一点儿没有想到，丈夫不会像她那样，心中存在着对于“夏”的憧憬……

这枚华美的照片就是夏季的一天拍摄的。那是个雷雨之宵，闪电犹如从巨石击碎的缸缝闪现，迅疾闪耀，紧接着传来一连串石破天惊般的轰鸣，震荡着夫人家中宽广的客厅。丈夫坐在一律欧风装饰的客厅中央等待着夫人。洛可可雕花大门敞开了，身着上述盛装的夫人走了进来。

“摄影师就要到了，你就在这座房子里拍摄吧。”

“这个嘛……”夫人的眼睛里闪现出一丝狡黠的光亮。她带着一副明朗欢乐的表情，这和丈夫死人一般苍白羸弱、骨瘦如柴的样子很不相称。她右手呼啦呼啦摇着粉红的香罗扇，显得悠然自得，一无所思。“那么，在哪个房间好呢？”丈夫又问。这时，侍女敲门，和肥胖的摄影师一起进来了。雷鸣似乎变小了。胖子摄影师夸赞起夫人的装束来了，他的话里实在掩饰不住对她满心的倾慕之情。丈夫说：“今天特意赶制出来的，为了避免明晚宴会弄脏衣服，打算提前拍照下来。”他说话之间，眼里不时火一般闪过一丝不安的神色。

丈夫还想再说下去，他刚要张口，就被夫人年轻动听的嗓音打断了。夫人的声音十分柔和，涓涓流淌着浅红色的涟漪……

“这个房间不合适，那么，还是换个房间，到佛堂里去吧！”

这句话仿佛将丈夫那颗孱弱的心彻底击碎了。夫人的话里无形中包含一种不容更改的语气。丈夫站起身子，他像个梦游症病人。摄影师被眼前的情景惊呆了。——那个房间，侍女立即着手收拾起来。摄影机放置在佛龛旁边，点着明亮的灯光……

丈夫微微颤抖着身子。那间屋子曾经是属于他的“领地”，自从离开那里，他就日渐衰老了。他必须回到那里去。啊，可他再也回不去了。昔日，他和那间屋子之间的“排拒”互不上下。自从出了那间屋子，屋子的“排拒”战胜了他。但那屋子一直空着，成为他唯一的安慰。这间空屋，同时也是他的支柱。——如今，那里被充填了，而且是个无与伦比的瑰丽的生命。屋子自身犹如一朵生意盎然的鲜花，整间屋子都对他都投以华丽的排拒。屋子里阳光灿烂。——然而，那却是不久屋子有力的灭亡的标记。也是丈夫本人灭亡的标记。

丈夫从那美丽的排拒的反面，看到了被华丽击败的屋子的苦闷。他用手捂住了脸。屋子奇迹般闪耀着光辉，中央浮现出戴着花冠的年轻夫人的姿影。

拍过照片的第六天，伯爵去世了。夫人当着众多的吊客，坐在灵床的枕畔，始终没有流一滴眼泪。人们离去后，夫人这才抱着遗体放声恸哭。——漫长的丧期，犹如百合也只能开出黑色花朵的丧期，缓缓地过去了。

丧期过后不久，在一位豪商的追求下，夫人同他共张花烛之宴。这位新丈夫出身微贱，在南海工作，内地又没有居所。世人开始感到惊讶，继而则饶有兴致地看着事情如何发展。夫人希冀对方心中也有自己那种憧憬的种子，这既是她最大的期望，也是她爱情的价值所在。拨亮憧憬的炭火——这就是目下夫人心中保有的较之以往更加重大的意义。因前夫的死，绝望将她提升到那一领地时，拨亮炭火的行为，已经不再是欲求，而只能是前世因缘，是使命。因而，新丈夫想一个人到东京找房子，而夫人一味规劝他再赴南国。

——轮船一旦离开海岸，紧绷绷的彩带仿佛失神般地被剪断了，五颜六色的送行的人们，犹如各种颜料混合在一起，越离越远，渐渐归于一色的寂寞之中了。刚在那里相互交流的悲欢任其到哪里寻觅，都不会再见到了。“进船室去吧。”新丈夫说。夫人眼含热泪，缓缓走进船舱。其间，不知为何，她蓦然想象着自己的背影。因为心情郁闷，妻子有点脚步踉跄，这个也被丈夫看在眼里了。

——海岛上的日月，除了自家生活之外，再没有其他可以寻求欢乐的去处了。东京的轮船一到，定购的各种物品准时送到这座居宅里。此外，还有丈夫从美国购买的东西，也源源不断送到家里来。这两种颇为时髦的巧妙的融合，都来自夫人精心的安排，以至于那些来访的美国客人，都误以为见到了“瓷器之国的女王”。……这些年月里，夫人狂热追求的憧憬未能实现，这是因为她是在远离憧憬的地方度过的。但是，虽说处于破灭和失意之中，但生活并未降下帷幕，因为夫人自己一味坚持拒绝回京城。

不过，打从来到这块地方之后，她的生命之泉干涸了。憧憬的夜莺已经没有歌唱的时机了。静谧的“日本之女”的衰萎，刻印在怠惰的“海岛之女”的形象上，了无痕迹地相互贴在一起了。……

夫人的一位老相识，作了一次漫长的南国之游，临结束时，有一天来这座居宅看望她。回国后发表了一篇游记，其中一段写道：

> 伯爵夫人（我至今依然沿用旧称描写夫人）对我说了这样的话。
>
> “住在这里时时都能看到大海，心情很是高兴。要说一天中最快活的，莫过于瞧着那片椰林背后的夕阳落山的时刻了。”伯爵夫人说这话的时候，脸上看不到一点儿阴郁、憔悴的影子，我甚至又窥见往日那副华贵而美丽的形象了。
>
> 夫人身居微暗而洁白的房间里，整日斜倚在藤椅里，编织衣物，浏览书籍，给南国的珍禽喂食。有时，她也会为我斟上一杯洋酒。吃饭时，夫君也过来一起用餐。漫长的南国之旅，我只有这一回在她家吃到那么美味合口的饭菜。……

夫人不久和丈夫分手回国了。她在乡下一片广阔的地面建造了纯日本风格的房屋，夫人直到去世都住在那里。她孑然一身的女尼般生涯，一直持续了将近四十年。同过去的岁月完全不同的是，夫人的纯洁被誉为世上未亡人的一面镜子。世人对于夫人同苛酷的热带离缘——他们对夫人自愿待在那里毫不知情——皆以同情的眼光注视着，向一个被欺骗的女子寄予一种微嫌不光彩的好意。但是，每当有人访问山庄，她面对来客，偶尔也谈谈过去，既不像追忆往事，也不是发牢骚，只是回忆一下年轻时对大海火一般的憧憬。……

沿着寂静的杂木林小路，登上长满滑溜溜苔藓的斜坡，就会窥见一座黑色横木大门，船板墙壁的上方遮盖着繁茂的樱树和米槠，枝叶交错，一团浓绿。老夫人总是在最里面的一座房间接待客人。蝉鸣嘒嘒，坐在那间屋子可以隐约听到阵雨般的狂啸。铺着石板的美丽的庭院，树影婆娑，簌簌低语。

“怎么样，讲讲那段大海的故事吧，我很想听一听，实在给您添麻烦了。”

“不必客气——说到哪里了呀，那是多么执着的快活的心情啊。……您觉得我身上还多少保留着那些东西吧？”

她回答着，脸上露出淡淡的笑容。然而，紧接着她又突然提出：“还是到院子里走走吧，虽说没有什么好看的。”

看到走在前边的老夫人步履轻捷、动作稳健，人们恐怕不会不感到吃惊吧。走过竹林，穿过凉亭，站在面对后院的高台上，她默默地倒背着手，眺望着远方。

高台上榆树和槲树葱茏茂密，周围的枫树像喝了琼浆玉液一片殷红。落叶纷纷，不断掉落在脚下已经堆积的腐叶上面。

从这里望过去，古旧的街衢尽收眼底。城镇远方可以看到迷离惝恍的稀疏的松林。大海像装在光洁的杯盘里发出宁静的光亮。上面散落着两三朵绣球花一样的东西，缓缓移动，那是白帆。

老夫人神情坚毅，白发皤然，微微闪动，描摹出一个沉稳的银白的轮廓。她伫立不动，默然无语……啊，她在流泪？她在祈祷？

谁也无从知道。……

猛然回头张望，风吹着高大的槲树梢头，发出飒飒的响声。忽地一阵风来，枝叶纷披，可以瞥见炫目的晴空。不知为何，一种不安的焦虑心情升上心头。宾客也许有着一种与“死亡”为邻的感触吧。生命一如旋转中的陀螺的静谧，就是说时时和死的静谧为邻……

昭和十六年初夏

中世某杀人惯犯留下的哲学日记摘抄

□月□日

杀害室町幕府二十五代将军足利义鸟[①]。女人们身穿着百合、牡丹花纹的礼服并排而卧，将军神态自若地躺在她们身上，手拿红漆烟枪吸着鸦片烟。他睡眼蒙眬，摇响了南蛮国制造的彩色玻璃的大铃铛。他没有预料到杀人犯会来。将军反而怀疑杀人犯才是将军。他被杀后血迹干涸之后好似朱砂，将华丽的云锦包边的铺席涂抹得色彩斑斓。

杀人犯知道，杀人者只有通过被杀才能实现自我完成。而且，这位将军绝不是杀人犯的后裔。

□月□日

杀人一事，伴我长大成人。杀人是我的发现，是走近已被遗忘的生的手段。我所梦想的广大无边的混沌中的杀人，是何等美丽！杀人犯是造物主的反面。其伟大是共通的，其欢喜和忧郁也是共通的。

杀害北之方[②]珑子。霍然退避时的美艳，引起我的注意。因为没有比死更大的羞耻。

她或许巴望着被杀。她的眼睛闪耀着苦苦探求的安然的泪光。我的刀尖儿刺入一件重物——我感到金银和锦缎的崩落。奇妙的是，杀人犯的钢刀拼命支撑着渐渐消隐的灵魂。这种支撑具有无与伦比的无情之美。……如今，那个小巧的洁白的下巴颏儿，宛若一件白瓷，从暗夜的底层浮现出月光花般的表情。

□月□日（论意志）

对于杀人犯来说，落日最使其痛惜。杀人者的魂魄和辉煌的落日极其相似。落日具有的忧郁，是极度收敛的热情发散出来的瘴气，它直接杀害美本身。

杀害乞丐一百二十六人。把这些下贱的垃圾，一个接一个痛痛快快地除掉。杀人犯的意志无比健康。

较之走向新的美的意志，污秽麇集的场所的颓相——其原来面貌就是彻底的美的明证。所谓“健康”这种修辞究竟是什么？

一股腥风吹过杀人的街衢。人们没有感觉出来。这种飘扬着美丽帆影的城镇，缺少赴死的意志。

□月□日

杀害能乐剧青年演员花若。他的嘴唇痉挛了，犹如一朵绚丽夺目、摇曳不定的绯红的樱花。能乐的戏衣，以火焰大鼓[③]和桔梗的花纹，紧紧怀抱着冷寂、残酷且沉重的，犹如棠棣花蕊般苍白的，

---

① 作者假设的历史人物。

② 对公卿妻室的敬称。

③ 大型鼓的别称，鼓面衬以火焰形装饰板。

濒死的柔软肉体。我的刀从那副肉体中拔出来了。为了他那描绘着青紫色的彩虹、华丽地飞溅而出的鲜血……忠实享受着这一切的少年，如今相信了杀人者瞬间的默契。使得该失去的东西尽皆失去，杀人犯也要获得享受。杀人犯挺身出现于危险的场所。因此，他是献身者——不断流逝之物。他有埋头向前的火焰般的意志。他边杀边生，又不断走向死亡。

□月□日（杀人犯的散步）

春季里风和日丽的一天，杀人犯悠然地散着步。他的敬礼颇为闲雅。春天的森林迎接他，轮回般地喧嚣不止。小鸟唱歌，我也想唱歌。小鸟呀，快唱吧，我也唱。经过多次邀请，小鸟终于唱起来了。

然而，眼下是痊愈的季节。等待、背叛以及一切规制均可带来痊愈。这种痊愈，对于他——杀人犯来说，是最为痛心的季节。他认为，不论来自何种病患的痊愈，都是无益的。他不能向那里献身。在那种场合，他不能做个献身者。

杀人犯蔑视对痊愈的热情。他不是为了使鲜花再度作为鲜花的杀人犯。他只是为了使花成为久远的花，才变成了杀人犯。

这样的思考，使他豁达的脚步犹如朝露浥浥的蝴蝶的翅膀，稍稍飘荡起来。春云浮动。森林在丰润的风里翻动着灰白的叶背。

因而，他感到沉痛。森林、泉水、蝴蝶和飞鸟，满目忧伤的花鸟图。道路和太阳。所有这些色彩斑斓的时象……

促使他悲痛的东西，那不是悔恨吧。在他追击着生的眼睛里，注入泪滴的不是悔恨。那也许是他自身的健康。为了徘徊于季节的流域，他没有新衣裳。凶器不是万能的，他那不能屠戮自己健康的凶器。

诬蔑的表情之于他，曾经显得很高贵吗？还有，对于痛苦的尊崇之于他曾经显得很怯惰吗？他的魂魄无目的地啜泣，为了世上那些极为娇弱的东西，为了实现自己的满足，他再次亲自拿起了凶器。

□月□日

人们欢迎他——杀人犯时唱的歌

冥府洞里阴风劲吹

晦暗的天空尽头
太阳乘着西风
烂漫地沉落下去
（罪恶之光充满自身
姿态明丽，玲珑剔透）

对于众人，是他者
对于诸神，是他者
像花一般完美——
轰隆隆沉落下去

不要迎接 成熟的东西
带着那力量转瞬间哭泣

带着那悲叹久远地杀戮！

□月□日

杀害游女紫野。为了杀她，必须首先刺杀她身上众多的衣裳。至于她自身，衣裳的核心——直到衣裳深处重重叠叠的内里，我是不能到达的。在未到达内里之前，她早就死了。一刻，一刻，她将永远地死去。她要死了，带着百千亿兆的死……

对于她，死只不过是一种舞蹈。舞蹈曾寄宿于她体内，那之后世界才再次有舞蹈。风花雪月，熊熊烈火，盛开的花朵，驻足不前的，流动、徘徊于栅栏边的，所有的一切都是舞蹈。游女紫野酣睡的时候，舞蹈在她额前呼吸，香气四溢。

她处于殷红的死的馨香之中，自由自在。她越是无碍，我的刀刃就愈加深入地刺向她的死。这时候，刀刃具有新的意味。不是进入内部，而是走向内部。

紫野的无碍刺伤了我。不，无碍向我陷落而来——

我由陷落而开始献身，就像所有的早晨都从玫瑰花瓣的边缘开始。

杀人犯知道得很多，很多。（诚如知道杀戮一般）

有着向陷落的祈祷。献身者必须是这个世界独一无二的孱弱的个体。极端聪敏的我们，对于这些全都知道，正如玫瑰花知道曙光何时来临。

□月□日

今天，杀人犯到海港去，驶向明朝的海盗船准备出航了。朝阳照射在海边的矮松树上。

他要见一个朋友，他是海盗头头。这个海盗头头陪他到停泊中的一只船，只见像弯弯的果树枝一般缀满珊瑚的铁锚，沉在琉璃色的水中。难得一见的午前，管领着这里的一切。

“你在走向未知！”杀人犯怀着满心的羡慕问道。

“未知？你们是这么说吗？用我们的语言，就是这个意思：向着失去的王国……”

海盗会飞。海盗长着翅膀。我们没有界限。我们没有过程。我们没有不可能，就等于也没有可能。

你们叫做发现。

我们只说看见。

越过海洋，海盗随时可以回到那里。我们围绕鲜花初绽的岛屿巡航的时候，就能嗅到那座海岛隐藏着黄金的火焰。我们是无他的。我们越过大海，一旦变成盗贼，财宝已经永远地成为我们的自身之物。天生的一切皆属于我们所有。新近猎获的百名美丽的女奴，一看到我们，就感到永远属于我们。创造，发现，都只是“在于恒久”。在于恒久——因而不是普遍存在。

未知，意味着失去。因为我们是无他的。

杀人犯啊，不要像鲜花那样窒息于完美之中。海，而且只有海，才会使海盗做到无他。跨过横在你面前可厌的门阈，越过那船舷！强者就是好。弱者不能回归。强者可以失去，弱者只能使之失去。对面的世界在他们眼里一闪而过。

成为海吧，杀人犯啊！潮风从山顶上的松树掠过，海盗们心里像扇扇子一般激动不已。我们也向八幡神供币祈祷吧。我们的祈祷是向既存、既定的祈祷。或可称某种缘分的祈祷。无他者的祈祷永远皆如此。

成为海吧，杀人犯啊！海是无限的有限。当宇宙在玲珑的蓝色的波涛上落下影像的时候，那影像已经有了。

赭红的土丘后头难得一现的教诲师们，一看到我，恐惧得跪下了。碧蓝的海峡潮水底下，青白的鲨鱼群，摇动着珍珠贝游过去了。八幡的旗影下，几度聚集着死亡，南面海岛吹来丰醇的季风，很快将死亡赶走了。

“在想些什么呀？杀人犯！你必须做一名海盗。不，你曾经是海盗。你说，如今是回归，还是不回归？”

杀人犯闷声不响。止不住的泪水，簌簌流淌。

和他者保持距离，不能逃开那里。距离首先在那里。逃离，也要从那里开始。

距离，在世上也是玄妙的。梅香，在纯净的黑暗里扩散。香气，就是距离。成熟于静静白昼的果实，是距离。为什么呢？因为成熟，就是距离。

年少，这是何等严格的恩宠啊！或许还会有相信成熟机能的、宇宙性的、生命的苦味吧？

为了风，远方的草木闪着光亮。风一旦走近的时候，草木一片黯然。风，也许就是这样一次次超越我们的心灵而吹过吧。世界的辉煌，就是这样一刹那。

花开，究竟是什么？秋日渐渐衰微的阳光下，日渐凋零的一朵菊花，为何要求得完美？为何要保持轮廓？为何就不能动一动呢？它为何充满崩溃的可能呢？而且，它为何可以久远存在呢？

面向海盗，没有界限的地方就没有久远。那么说来，又会怎样呢？为此，杀人犯的眼泪不要擦去。要是那样，就不能擦去。

一朵玫瑰花开放了，这是轮回巨大的慰藉。只因有了这个，杀人犯忍耐住了。他不会冲向未知。他的胸中，总有一种东西妨碍他的跳跃。同时，也支撑着他的跳跃，优柔地，又是无情地。恰似花在盛开的时候，那花萼也不会舍弃清澄的绿色。它在支撑着，为了使众多花朵不像蝴蝶那样飞散开去。

海盗啊，你听说过云雀山[①]的故事吗？中将姬的乳母为了卖花而佯狂，徘徊于盛春时节的云雀山上。这是一则无比美丽的故事。卖花吧，海盗啊！为此，扮作愁眉苦脸的疯子吧。

□月□日

杀害肺痨者。他的蟹骨般的肋骨，绿泥似的脑髓，还有那胡桃壳内侧一样的坚固的耳朵，早就引起我的憎恶。但是，今天这些东西都使我高兴地微笑。何其幽默，何其潇洒的表现啊！肺痨者“一切交给你”的话语，他们的黑暗时代风格的处世术。

因此，原始人最接近文明人。昼夜完全一样。

（“夜的贵族”的后裔体会到死的典雅，他们以为就连被杀都是重大敬意的标记。）

这种生存方式——松岛沙滩静静退去的潮水般的生存方式，以往曾经更加华丽和庄严。如今，螺钿已经剥落。此时，夜的反面闪现着和白昼不同的难得一见的时刻。这难道没有一个人看到吗？

---

① 能乐剧之一，横佩右大臣丰成，听信谗言欲杀死女儿中将姬，家臣们不忍下手，遂将中将姬藏匿于云雀山。乳母佯狂卖花，将其养大。

为了学会无为的美，需要有霸主的豁达。已逝的室町的将军们，一边同泥金画般的黑夜战斗；一边在泥金画般的无为中睡觉。流动的，无休止地紧张着。这，就是无为。知道熟悉的脚步的，只有无为。它觉悟到了天然的常规里隐藏的浓淡……

因为，献身的意志就像候鸟一样豁达，意志只显示憧憬。没有人这么说过吗？

春天的小鸟飞来，站在樱花盛开的高栏上鸣叫的时候，云的来去比平素更加激烈的时候。……夏天的云彩火一般燃烧，不久就是秋天，支撑着丰穰的季节。……

身披铠甲，只有铠甲没有受伤，没有人这么说过吗？杀人者也要歌唱。你们怯惰。你们怯惰。你们怯惰。称你们是勇者。

□月□日

杀人犯不被理解的时刻即意味着死亡。即使在不被理解的密林深处，不是小鸟也在歌唱，鲜花也在盛开吗？使命，已经成了一个弱点。意识，已经成了一个弱点。为了变得极端的孱弱，杀人者会在自己所极为蔑视的这些弱点里，保有应该献出奇妙的祈祷的早晨。

远 游 会

让葛城夫人这样心地纯洁的母亲吃尽苦头的正史，真是个不争气的儿子。自打他犯事以来，夫人白天吃不下饭，夜里睡不好觉，一直为儿子的前途担忧。世间的脸面也必须维持，加之，还有个在宫里供职的丈夫的升迁问题。儿子的事一旦暴露，丈夫对上面、对世人必须有个交代，必须引咎辞职。万一出现这样的局面，葛城家的收入也就断绝了。

原来，正史偷了同学的自行车，转手卖了。

事情最后没有登在报纸上，葛城夫人对这件幸运事看得很重。不过，这种想法有她的偏见，其实，世人对于宫中侍从的儿子盗窃自行车这等小事儿，早已不感兴趣了。

她把没有被起诉的儿子，寄养在仙台某严于教子的家庭（当然，这种处置撇开夫人的偏见不说，无论如何也算不得高明），从此她放下心来，整日价沉溺在甜蜜的母爱的泪河里。撑不到三天，就给儿子写一次长信，寄去他喜欢吃的点心和牛肉罐头。不久，那边家长来信忠告说，又写信，又寄东西，只会使正史更想家，还是注意些为好。于是，夫人从此失去了生活唯一的安慰。

这个时期，她很苦恼，对儿子这种自作聪明的安排使她感到后悔。还是把儿子叫回来吧，然而，夫人有着不可为外人道的享乐的本能，舍弃享乐的痛苦不亚于对儿子的思念。同时，为了惩罚自己对儿子的冷酷处置，还是巴望一直维持这种寂寞的离居生活。

一天，葛城夫人接到一封写给儿子的远游会的请帖，这是以丈夫名义加入的骑马俱乐部寄给家族会员的。平时，寄给儿子的信件都转到仙台去了，但这份请帖对他不但没有好处，而且会给他闭门思过的生活徒增忧郁。最好的办法是撕掉，夫人刚想动手，蓦地闪过一个念头，还是留下来了。

正史偷自行车是为了卖钱给一个女子买礼品的。那个女子看来很贪心，作为学生，葛城夫人月月给正史的零用钱足够他花的了，可总嫌不够，一开始，他要多少母亲就给他多少，有一次坚决不给了，儿子为了弄到钱，就跟同学用扑克牌赌博。结果，正史输得好惨，欠了那个同学一屁股债。正史一半为了泄愤，把那个同学的自行车偷去卖了，然后，佯装一无所知地还了债，剩下的钱全用在买礼品上了。说幸运倒也确实幸运，正史之所以没有被起诉，是因为被盗一方是个惯赌，他害怕罪行暴露就没敢深究，马马虎虎对付过去了。

那位让正史一心一意不惜千金换取其欢心的女子，葛城夫人还没有见过。听说，她的名字叫大田原房子。从正史嘴里好不容易才打听到，她也是同一俱乐部的会员，而名字则是夫人千方百计从那位被盗的牌友嘴里打听到的。不知道她的年龄，也不清楚长什么模样儿。正史似乎有她几张照片，可从来不拿给母亲看。

夫人的亲戚和朋友范围之内，找不到有姓大田原的人。这个姓虽说也不是没听到过，但很难判定那女子是大田原夫人，还是大田原小姐。

葛城夫人对未见过面的房子抱有感情（虽然显得有些可笑），绝非出于敌意。葛城夫人缺少憎恶的本能，但也不是那种对一切放任不管的人。她没有用憎恶和敌意判断或评价一个人的习惯，这势必使得夫人将宽容用于各个方面，就连一般只能抱持敌意而采取的行动，她也是满含着宽容的微笑加以实施。她很想见见大田原房子，就像前面反复强调的，不是出于敌意。然而，这种单纯的好奇心里又暗含着一头乱发般的热情的痛楚。

大田原房子无疑会出现于远游会上。见面问问情况，葛城夫人务必想获得一个心满意足的回答。

她打电话报了名，叫女佣整理了一下久已未用的骑服，仔细擦干净马靴。

远游会四月二十三日举行，那天正当星期日。

因为参加的人比俱乐部原有的马匹多，行程分为三班。第一班早晨由丸之内俱乐部出发，午前九时许到达市川桥；接着，由预先等在那里的第二班换乘，直奔目的地千叶御猎场。第一班人则乘接送的汽车到达那里。第三班也早已守在目的地了，全体人员一起吃午饭，下午由第三班骑马径直返回原地。

葛城夫人打了电话之后，又担心房子会不会参加。她走访了大手门俱乐部，幸好房子也报了名，登记在第一班，配备的马名叫“乐阳”。夫人便在第二班“乐阳”一项，填上自己的名字，分配马的人同意了。这样一来，她就不担心会把别人错认成大田原房子了。在预先一无所知的情况下，她表现出异样的兴趣，急不可待要见那个引导儿子堕落的女人。葛城夫人关于房子什么也没问，就回家了。

她担心当天的天气，那天乌云低垂，钝光外泄，不时露出晴天，看来不会有雨。葛城夫人身穿骑服，在市川车站下车，两只揩拭得十分洁净的马靴，后跟上套着镀金的马刺，闪闪发光。手里握着装有猎犬头饰的德国制皮鞭。

夫人四十八岁，优雅的绵纸一样干爽的肌肤，光艳白皙，不施粉脂，每逢笑起来，抬头纹和酒窝历历可见。不过，那横向的纹路决然看不出是衰老的标志，反而使得她那素描般妩媚的表情，平添了几分青春的活力。客观地看起来虽说如此，但葛城夫人的心境却和媚态相去甚远，所以她的表情公然违背了她的内心。就是说，夫人有个优点，她不大在乎雇用的代言人对自己是否忠诚。

头脑机敏的人一看就明白，葛城夫人本来的美丽，应该存在于这种假想的青春以外。说起来，那是一种美终于让步于真实的谦虚的谛念之美，只有那种美才是真正的优雅。

早晨，市川市商店街的店员们，一直睁大眼睛盯着这帮陌生人的身影。经过这里的有绅士，有少年，一律是身穿骑服、脚蹬马靴的打扮。尤其是葛城夫人那副蝴蝶领结配合马靴的飒爽英姿，引来路边玩耍的孩子们奇异的目光，他们好奇地一直跟在她的身后走着。直到夫人忽然想起什么，向路旁的交警打听市川桥方位的时候，才发现身后这群不太客气的随从。

“出什么事了吗？”年轻的交警不解地反复问道。

“从刚才起老是有人这样问呢。”

葛城夫人简单地回答后，就顺着交警指示的路线匆匆走去。桥跟前已经站着五六个会员，他们看见夫人的身影，老远就跟她打招呼。

其中有老熟人莲田医学博士夫妇，葛城夫人就和莲田夫人聊起家常。十分钟过去了，不久，已过了九点二十。

“看来要迟到啦。”莲田夫人说。

骑马的一行应该经过对岸河堤，隔着一条江户川，两边分别是千叶县和东京都，这边是千叶县，对岸是东京都。市川桥上来往的汽车很多，左方三百米处架着一座铁桥，时时有国营电车从桥上通过。第一班人马通过桥下河原，再次登上河堤，由市川桥西端向这里走来。

荒草离离的河原，到处分布着静静的水洼，微风吹过，水面上撒粉似的荡起层层涟漪。

“啊，看见啦！看见啦！”

一个少年跳跃着喊道。他脚下的马刺铿锵作响，脚后跟踢起两三个小石子，滚落到河堤下面去了。

周围是广漠的风景。大凡河面上的景象都是这样的吗？以河流为中心，呈现出一派寥落而广袤的领域，阴霾的天空下，人迹稀少的旷野犹如一片荒寒的平原，荡漾着悲哀的色调。市川桥上，卡车和轿车熙来攘往，警笛高鸣，桥梁上灰黑的钢铁骨架傲然耸立。这一切同河原上的寂寥，互相虽然毫无关联，但却给风景本身酿造出一种黯淡、不安而紧张的气氛。对岸远远望去，工厂街林立的烟囱冒出的黑烟飘散开来，看起来犹如低垂的云流。

让少年喊出“看见啦”的第一匹马，在大人们的眼里却一片模糊。马队走的道路是预先划定好的，肯定是从左侧铁桥下面钻过来到达这里。

葛城夫人一直朝那边凝望。这时，树荫下出现一团如河崖上的红土似的东西，挺然而立，摇摆，跳跃，那是最先到达的一匹马。那匹马登上河堤闪电形状的小路，站立在河岸上，马鞍上的骑手扭转身子，回顾着走来的方向。那姿态眼下看得十分清晰，只是脸部的表情难以辨认。

不一会儿，一行人来到桥下，中间交混着两三头白马。这些马打乱了队列，和领头的一匹马走在同一条道路上，一匹接着一匹，在同一片树荫里时隐时现。

一看，先头的一匹马朝着市川桥西端快速前进，同后面的人马拉开了距离，已经走到桥梁上了。卡车驶过来了，轿车也驶过来了。一匹栗色马与车队并行，沿着桥梁一侧奔来，看不清骑手是谁。嗒嗒的马蹄声冲破汽车喇叭和自行车铃混杂的声响，震荡着钢筋混凝土的桥面。

“是室町！”

“胡说，鼻子是白的，是明潭！”

“不是明潭，一定是山锦！它有摇头晃脑的习惯，绝对是山锦！”

少年们互相争论着。云层闪开了，淡淡的阳光照射下来，几何交错的铁架在桥面上留下了模糊的影像。马队穿过斑驳交错的阴影走来，距离越来越近，渐渐可以看到骑手的容貌了。

骑手脸上没有胡须，但是露在便帽下边的头发白亮如丝，雕像般的脸型，高高的鼻梁，敏锐的眼睛，紧凑的下巴，虽说都没有明显的特征，但那一副端正的容貌，表明这位初老的绅士的一生，是在组织、纪律和意志完全融合的生活环境里度过的。他的筋骨像楷书一般硬挺，仪表堂堂，不见一丝柔弱，连同那一身经太阳晒黑的皮肤，看上去就像一尊不受年龄腐蚀的刚毅无比的铜雕。朴素的英式上装，白手套……一副奇伟而豁达的骑姿，处处凸显着骑马只是他日常生活的一件小事。精湛的骑术，使得马的步伐在贴身而过的汽车的警笛中一丝不乱。

“果然是明潭！”少年惊叫起来。

然而，葛城夫人看见骑手，一下子惊呆了。他原来是由利将军。

见到一个出乎意料之人，对于夫人来说简直是个奇迹。并非因事出意外而成为奇迹，而是同夫人最近时时想起由利先生的心态不谋而合，终于在今天见到了他。她觉得这才是真正的奇迹。我们心中某些隐蔽的愿望，一经实现，往往会有一种被欺骗的感觉。

大约三十年前，当时由利先生是大尉，她拒绝了他的求婚。没有任何理由，不是嫌弃，也没有强迫。两人虽然相差十多岁，但从两家的门第、财产状况考虑，也并无妨碍，这是一门无可挑剔的亲事。尽管如此，少女身上的一丝傲慢使她回绝了。没有阻挠，没有任何妨碍两人结合的因素，正是这些有利的条件，使她感到自己的自由受到了侮辱。尽管不是强制而成的婚姻，机敏的她就像全身处于危险中的兔子，预感到那种过于优越的条件所形成的暗暗的强制力量，还有那一无障碍的本身控制她行为的极不合理的力量。然而，这位少女一颗傲慢的心，又和意想不到的脆弱毗邻，可说只是脆弱的铠甲。一旦碰到下一门亲事，她就后悔以前那样的拒绝所带来的意外的空虚的心绪，所以连对方的面孔都没有仔细看清楚，就遵照父母之言一口答应了。就这样，她嫁到了葛城家。

结婚以后，夫人变得更加天真、清纯，也养成了稳健和顽强的性格。那种骄矜、伶俐、偏激而武断的少女形象消失了。从某种意义上说，结婚反而使她变成一位真正的少女。外观上看，一切少女的特征，过了少女的年龄以后，才会趋于十全十美。她的性格（称性格也许不适当）或她的素质，宛如花叶绝不相碰的辛夷树一般，满带着悲剧的色彩。葛城夫人的心里，一直残存着与季节不相衬的部分，而且，眼下年近半百，夫人依然是个不知污秽为何物的孩子。

近来，她在各个地方都听到人们提起由利将军的名字。将军绝算不上豪爽，他只是个笃实、廉直、同政治毫无关系的军人。他的名声有口皆碑。他所征服的许多地方，因战争失败，一片空旷，他光辉的征服行为在人们的记忆中淡薄了。然而，他因同当时的宰相发生冲突而被迫退役的经历，后来在接受战争审判时反而挽救了他。他的名字同英式的正义感相提并论。而且，将军所怀抱的吉卜林[①]式天真的帝国主义信念，就像现在没有作用却不断增值的古董一样受到珍视。他是如今已经绝灭的古老的正义、廉洁、忠心、信义和礼节等光辉的化身。如今，企图为这样的化身寻找生活下去的途径，那只能白费工夫。

葛城夫人相信他的恒久不变的爱情。她长年以来，之所以有意避开同由利先生见面的机会，就是因这唯一的理由。拒绝他求婚这件事，涵泳于时光的流水之中，宛若浸在水中的花朵，绽开了花瓣。它

---

① Joseph Rudyard Kipling（1865–1936），英国作家。作品有长篇小说《吉姆》，诗歌《营房歌谣》等。

成了夫人一切梦想的素材。假如那时候……假如那时候啊。对于各种可能性的详细的推测，使她活跃于形形色色、五彩斑斓的生活景象里，哪怕最为不幸的可能，也能使夫人在幻想中获得欢乐。

“他要是变得一贫如洗，我也必须做黑市生意才能活下去的话，那又该怎么办呢？那位黑市商人也常到家里来，她原是海军大将夫人，但也够可怜的。不过我兴许也并非办不到。我也可以做个八面玲珑、灵活机动的商人哩！”

幻想，具有一种专制的秩序。如今，葛城夫人坚信，由利将军高尚的人格、近乎洁癖的道德，尤其是传统而坚毅的行为，所有这一切，都是对她永恒而隐秘的爱的明证。在她身上，故作冷淡的恋人的自负以及教育家的自负，兼而有之。

由利先生一下马，立即被众人围住了。他在马背上一表人才，一旦下马走在地面上，身个儿显得有些矮小。他摘掉便帽，擦擦额上的汗水。他的满头白发呈波浪形，丰神潇洒。

“看来大家都要迟到了，因为从那边出发晚了。准时到场集合的，只有三个人。”

“明潭今天表现怎么样？”一个年龄最小的少年问道。

“出发时很有劲头，现在有些累了。右侧的后蹄子本来就不很灵活。还要多多注意，下面该是你了吗？”他用亲切的口气问道。

那少年支支吾吾地说：“不，我骑的是玄武。”

玄武是给初次参加的人骑乘的老马。

“是我。”

莲田博士主动回应道。博士上马时，由利先生出于礼貌，手里攥紧了马缰绳。明潭浑身被汗水打湿了，毛森森的肚子一鼓一瘪，急速地喘气。

这时，由利将军和葛城夫人的视线碰到一起了，夫人微笑起来。作为原将军，他的双颊不太容易放松开来。他颇有礼貌地点点头，这种礼节里，包含着那种一时想不起来对方是谁，先回礼再说的一副神情。但是，夫人对他的客气的回礼感到很满意。

“都这把年纪了，还像年轻时候一样腼腆，他是害怕人多吧。”

夫人思忖着。

两人几乎没有交谈的余暇，一行人陆续到达了。市川桥桥头二十多匹马杂沓而来，第一班的人分别在河堤上勒住缰绳下了马。孩子们远远围作一圈儿，看着这种奇怪的集会。

“乐阳是哪一位的？”

飞扬的沙尘中一位少女，一只手姿态优雅地牵着马，一边随处打听着。她年纪看样子只有十七八岁。身上紧裹着做工精美的蓝色骑服，纤细的腰肢仿佛用双手可以一把抱起来。她头发蓬松，圆脸上一双眼睛闪耀着清炯的光亮。那娇美的姿态宛若一尊皇妃人偶。一双颇显沉重的马靴使她脚步不太灵活，那副风情就像一个由着性儿长大的少年。一场激烈的运动之后，双颊泛起曙光般的红晕，由此可以窥探她那令人爱怜的快活的情绪。葛城夫人一眼看到这位少女，立即喜欢上她了。

“乐阳是哪一位的呀？”

少女又一次发问。她的嗓音满含娇羞，几乎听不见了。

葛城夫人从迷茫中清醒过来，她迎向那位少女。她就是大田原房子。

“谢谢啦。”

夫人接过缰绳说道。少女笑着吐了口气，抬起两手将头发向后拢一拢。她眉毛浓密，两眉间以及嘴唇周围，长满了蒲公英絮毛似的细细的汗毛。

“这下子放心啦！这马性子很坏，一路上我给它欺负到啦。”

“它有什么怪癖呢？”

乐阳神经质的布满血丝的眼睛斜睨着夫人。

“怪癖，谈不上。只是懒散，老是掉队，光是为了跟上队伍，就累成这副样子。”

“出发！”第二班领头的人，骑在一匹白马上高喊。葛城夫人匆匆上马，失去了互相通报姓名的机会。人马在江户川河堤列队前进的时候，马背上的葛城夫人回头寻找房子的姿影。两三位同龄的少女之中，房子挥动戴着白色手套的手。葛城夫人高扬着马鞭回应她。

二十四马分成两组。在长满青草的江户川河堤上快速前进。太阳再次躲进云层，河面上映照着阴沉的天空。可以看到河水边上稀稀落落分布着钓鱼人的背影，他们不时扭头目送着马队。钓竿扬起来了，钓丝甩出去了。葛城夫人一边不断用鞭子抽打迟钝的乐阳，一边受到这种单调动作的驱使，脑子一直围绕刚才见到的一个初老的男人和一个孩子气的少女打转转。这种反复的思虑中，存在着某些错综复杂的疑问。一种影子罩在她心头挥之不去，在笑，在徘徊。夫人还不能确切地加以命名，她为这种不安而苦恼。道旁砖瓦建筑的玻璃工厂里窜出一条狗，狂吠不止。卧在道路中央的黑牛，受到迎风奔驰而来的马队的惊吓，狼狈地跑下河滩。黑牛奔跑的样子，在城市里难得一见，那头陀袋似的大兽一副惊慌失措的样子，惹得马背上的人们大笑起来。

不久，一行人又恢复了整齐的步伐，渡过长长的木桥。

葛城夫人经过一阵疾驰，此时抬手理了理被风吹乱的头发。风从正面吹着她的脸庞，搅乱了她的思绪，只给她留下一抹荒凉的寂寞。究竟是什么样的思考，最后给她带来这样的心绪呢？已经寻觅不到一点痕迹了。她眼下所能尝到的，只有着难以说清楚的寂寞。她也不想勉强追究个中因由。

一行人过了桥，踏上行德町的混凝土街道。马蹄声迅速变得响亮了，葛城夫人从思虑中清醒过来。

“又是汽车！我的马今天有点儿歇斯底里。”

一旁驶过的红色的邮政汽车，惊扰了马的脚步，后面的莲田夫人一边控制住马，一边喊道。

一行人向左转变成一列，一踏上田间小道，就闻到原野上吹来的远方海洋温馨的潮风。看不见大海。前方一团昏暗的森林就是御猎场。战前，宫内省[①]时常在这里举办猎鸭会，招待外国使臣。

到达目的地后，每匹马都有马夫亲手喂燕麦和水。莲田夫人从口袋里掏出一根胡萝卜，慰劳她喜欢的这匹马。

院内宁静的水池旁边的草地上，胡乱摆着椅子和桌子。已经到达的第一班和第二班人马，青年们，夫人们，男士们，各自围作一团，说说笑笑。由利先生坐在啤酒桌旁，一边喝啤酒，一边扬起脸笑着。房子和其他几位小姐以及少年们，正在以水池为背景拍摄纪念照。

---

① 掌管皇家事务的机关，1949年改称宫内厅。

“我们到哪儿去呢？”

莲田夫人问，葛城夫人沉默了一阵子，终于加入了那些无聊的夫人们。

会长通知说，午饭准备好了。大家一同走进室内，享用火锅。葛城夫人四周，依然围坐着一帮子夫人，她们不厌其烦地反复谈论着一些无关紧要的高雅的话题。

吃罢饭有娱乐活动。原骑兵大尉老干事朗诵诗歌。祖孙三代在御猎场以笛声唤鸟的能手，演奏千鸟笛音乐。那灵妙的人工的鸣啭，令全场人员如醉如痴。麻鹬、中杓鹬、小杓鹬、蒙古鸻、黑胸鸻和翻石鹬……所谓千鸟，就有这么多种类。它们鸣声各异。翻石鹬声音虽然不太好听，但姿态优美，两腿艳红，羽毛鲜艳，故被比作京都女子。

但现在不是鹬飞来的季节。许多人不停地瞅着窗外阴沉的天空，既看不到飞翔的羽翅，也听不到银笛般的鸣叫。只是并不存在的鸟的啼鸣，依旧在这座过了季节的闲雅的庭院回荡。

葛城夫人望着窗外草地上散乱的空无一人的椅子，心中又唤回刚才在马上开始整理的不安的思绪。

“今天，我有一个奇怪的发现。我所见到的诱使正史堕落的女子，原来是个清纯可爱的少女。不，尽管是清纯的少女，我还猜不透她。现在的女孩子，什么坏事都干得出来。不过我也四十八岁了，一眼就能看出一个人是好是坏。她是个无辜的稍带任性的可爱的姑娘。”

坐在对面桌子旁的房子，朝她微笑着打招呼。葛城夫人也微笑着还了礼。

“大家都是好人啊！这个世上没有什么恶人。不过，这样一想，我又不放心了。引诱正史堕落的，正是那少女的清纯。正史爱那种清纯，所以堕落了。这样说来，难道罪恶真的存在于爱之中吗？

“……由利先生又怎么样呢？他是个优秀的男人。他是那样永远地爱着我，世上没有一句关于他的谣言。每当听到人家谈论他的杰出的表现，我就加紧自身修养，磨练自己的贞淑品格。我要为他作出贡献，这种想法使我安下心来。不过……男女的事，我搞不懂，真的不懂。他没有因为我而跌倒，这是为什么？他向我表明火炽的爱，被我一口回绝之后，在世上还是那样一帆风顺，这又是为什么？那么说，他也许并不是十分爱我……”

大家离开餐桌，吵吵嚷嚷地走向庭院。

葛城夫人不由自主地分开众人，向由利将军走去。他把皮鞭夹在胳肢窝里，点上一支雪茄烟。

“好久不见了。”夫人说。

“啊，真的好久了呀！”将军应道。

“我们多少年没见了？”

“有多少年呢？”

两人向水池边走去。草地上盛开着野菊花，从这里到池中的小岛上，架着一道一半腐朽的木桥。

“到那岛上看看吧。”

“好啊，不过，那桥很危险。”

将军拉起夫人的手走上桥面，葛城夫人对于这份殷勤感到很是受用。

“今天我看到儿子的女朋友了。”

“那好啊。”

“也是一次间接的相亲。”

“你这位母亲能耐真大呀。”

“其实，她是个很好的姑娘，第一眼我就喜欢上了。有这样的媳妇也就满意啦。”

由利先生微微带着迷茫的表情望着她，葛城夫人觉得他的眼睛似乎在一心探索着什么。她一面嘀咕，一面不停地在手里转动着德国制的鞭子。这根皮鞭上用白漆罗马字写着KATSURAGI[①]。这一行字不大，也不显眼。由利先生凑近眼前，用那完全衰老的视线一个劲儿瞅着，想放声读出这几个罗马字来。葛城夫人看到了，她的脸顿时阴沉下来。

然而，心地善良的她，自己忍住了，故作镇静地将鞭子举起来，使将军的眼睛看得更清楚。过了一会儿，由利将军在交谈之中若无其事地将这个名字含混过去了。

“可不是嘛，如今这个时代，有年少的儿子、女儿的父母亲们，真是操心啊。葛城夫人年轻的时候怎么样呢？”

“我倒没什么呀。”葛城夫人回答。

由利将军对她那种亲昵的语调有些愕然，但依然装作一无所知，他爽快地说道：

“既没有被人喜欢的烦恼，也没有喜欢上什么人的烦恼，对吗？”

“我什么也没有。”

“是这样啊？不过，我也许有过，可是都忘却啦。”

---

① “葛城”的罗马字拼写法。

“我也是。”

“全都忘却啦。”

由利将军狂笑起来，他的笑声在水池上静静地回荡。这时，将军霍然站起身，左右摇摆着皮鞭，做了个“不行，不行”的表示。葛城夫人也跟着起立，看到之后，脸上带着尴尬的微笑连连摆手。

水池对面，大田原房子被一群朋友包围着，对着这边“咔嚓”一声，刚刚揿下照相机的快门。

鸡　蛋

说起偷吉、邪太郎、妄介、杀雄和饮五郎这五个人，可都是超一流的性格开朗的学生。他们一个个人高马大，说话大嗓门，好吃懒做，从来不去上学。五个人都是赛艇部会员，平时照旧过着比赛时集训式的生活。他们找到一处二十铺席大的私人旅馆，合伙出资租下一间屋子作为宿舍。这间屋子是已故房东后来扩建的，据说他得了象皮肿，身子越胀越大，害怕将来普通的住房容不下。五个人互相竞赛，看谁最会睡懒觉，每人都规规矩矩守着常年不加整理的床铺。

偷吉总是一副永远睡不醒的样子，对同学的东西老想伸手伸脚。本以为他在打盹，其时，同学桌下的栗子饼盒子早已空了。有时候，他穿错同学的制服外出，这还不算，一次还出过这样的洋相：他发现钱包里有好多钱，甚是奇怪，以为自己喝醉时拿了别人的钱包，立即交给警察了。

邪太郎，见了女人就走不动了。他从来不放过一个可意的女子，这一手很不简单。一天夜里，他盯上一个女子，进入二重桥，不巧宫内厅门卫拒绝他进门。他跳进护城河，以拨手泳悄悄接近石头城墙，越过石墙，看到那个女子正在朝皇宫内走去。邪太郎继续跟在她后头。他看到卧室里皇后陛下，从床上伸出雪白的御足，女子掏出一把镊子，顺利地从御足上拔出一根刺来，解除了皇后陛下的痛苦。原来，那女子是被指派到外头买镊子的女官。那位女官回宿舍时，躲在树林中的邪太郎一把将她抱住，女子掏出类似果树剪刀般的镊子威吓他，没出息的邪太郎，一溜烟逃窜了。

安介是个爱撒谎的天真的青年，提起他撒谎真是了不起。他说："太阳打东方升起，月亮也打东方升起，因为我亲眼所见，所以是真的。"他心平气和地讲述着。他说："今天我看见一位年纪很大的老爷爷，这是我亲眼所见，所以是真的。"眼下虽说没有一个同学相信他，但大家都煞有介事地一边听一边笑。昨天，安介读了普鲁塔克[①]的《名人列传》，所以讲出下边一席有趣的笑话来。安东尼和克莉奥佩特拉出去钓鱼，安东尼的钓钩没有钓到一条鱼，于是他暗暗指使渔夫潜水预先将鱼挂在钓钩上。可是，这条鱼怎么这么快就上钩了呢？克莉奥佩特拉一眼看穿了这个骗局，当场大加赞扬，第二天则亲自暗中指使潜水员，在安东尼的钓钩上穿上一条咸鱼。并大笑赞扬他真有本事，竟然连咸鱼都能钓到。然而，学识渊博的四个同学，将《名人列传》都翻烂了，也没有找到这出笑话的出处，这才知道他是撒谎骗人，个个挤眉弄眼，暗暗窃笑。

杀雄生性鲁莽，专爱打架。上小学时，这个冒失鬼患上了伤寒病，住院，吃清汤照脸的流食。他瞅准护士聊天儿的时候，抓住飞

---

① Plutarchos（46–120），古希腊传记作家、散文家。

来窗台上的麻雀，用自己发高烧的身子烤熟了，一连吃了十多只。结果，他的病霍然痊愈了。上初中时，他到校园森林里逮了一条大青蛇，做成火锅吃了。浑身顿时精力旺盛。夜里，趁着那位平时对学生十分严厉的老校长正在熟睡，他把窜地鼠火药蹭在校长的秃头上，在两只已经聋了的耳朵上挂上鞭炮，一起点火。校长的脑袋立即变成火花四溅的火球，两边的耳朵分别窜出一丈多长菊花瓣儿似的火龙，蔚为壮观，直到现在，依然传为美谈。没想到，经过这次温热疗法，校长的秃头渐渐长出黑头发，耳聋也好转了。为此，杀雄还领到一张奖状。

饮五郎呢？是世上少有的酒鬼。幼年时代，曾经掉进老家酒厂的酒桶里，快要淹死的时候，只见酒桶的酒不住下降，一直降到他的肚脐眼旁边，所以站在酒桶中的他轻易得救了。原来这孩子想到就要淹死了，干脆先猛喝一气再说。

这样的五个人住在一起，吵吵嚷嚷，给周围造成的麻烦就不用说了。他们天不怕地不怕，从不认为自己是弱者，更不想去做什么贤者。五个人都认为，他们的世界里只有小艇和自己的肉体。女人、美酒和食物，自有别的世界专门制造、发送，随时都可以拿来享用。没有确信，世界就不存在。因此，有着这一确信的五个青年，要是仰起头来，一同张开大嘴狂笑，毫无疑问，太阳也会大吃一惊，确信产生动摇，猝然坠落下来，掉进五人中某一个人的口中，烧伤他的舌头。

不仅如此，五个学生为了保持他们健康活泼的、旁若无人的活力，他们懒得讲究什么卫生，早餐时吃生鸡蛋，是他们每天必不可少的事。

一脚踢开从不折叠的被子，一齐围在中间一张大矮桌边，五个人各自面对房东主妇送来的早餐饭盘。五个人胃口好得像饿狼，恨不能把中央的矮桌一口吞了。

主妇给每人一个一个地盛饭，其间，偷吉用筷子尖儿往脊背上挠痒痒；邪太郎用筷子尖儿蘸着酱汤汁在桌面上乱涂乱画；天真烂漫的妄介将筷子垂挂在两个嘴角边，龇着牙；杀雄用筷子打死十多只桌面上的苍蝇；饮五郎显现出对吃饭一副漠不关心的神情。

他们有个奇怪的习惯，吃饭前一律张大嗓门高喊："谢谢上苍赏饭！"然后在每人的小碗一端磕破鸡蛋，一齐吞吃下去。主妇在他们用餐之前，照例急匆匆跑回楼下，这位中年妇女，必须保护好明治三十二年制造的老朽的鼓膜，以免被震破了。

街坊邻里如今也习惯了，当初五人刚搬到这家旅馆的时候，将近中午一阵可怕的叫喊和紧接而来的震耳欲聋的炸裂声，将一些人吓得逃出了家门。每天早晨鸡蛋典礼的野蛮的震响，一直传到四面八方。

偷吉闷声不响地吞下鸡蛋。

邪太郎一边舔舌头，一边赞叹："舌头的这种感觉，简直就像舔女人！"

"那小鸡崽儿，就是从鸡蛋里生出来的，一点儿不错！"妄介一边吃，一边不失时机地撒着谎。

杀雄冷笑一声，一语中的："还是活的东西好吃啊。"

"真想喝一碗鸡蛋酒呢！"饮五郎总是一句话。

五个人都露出十分满意的表情，哗啦啦敞开口里的仓库大门，狼吞虎咽，将所有的饭菜吃个精光，然后对着天花板跷起毛扎扎的小腿，各自躺下来。抽烟的人暂时将身边同伴的额头当做烟灰缸使用。

一天晚上，五个人到赛艇部一位前辈家里吃饭，桌上摆满了极其丰盛的山珍海味，计有：凉拌芝麻象肉，黑金鱼水藻和两三只豉母虫混煮的风味羹，长颈鹿颈肉甘露煮小鱼等。他们每人吃了十碗米饭，比平时更加兴高采烈，互相挽着臂膀放声高歌。不用说都喝了酒，酒发散至全身，就像树液渗透到橄榄树叶的叶梢一样，仿佛敌人的游击队已经钻进自己一方司令部的地板下面，千万遍来回转圈子。为了和其余四位同学喝个一醉方休，饮五郎酒兴特别高，这个晚上，饮五郎一个人喝了一斗五升九合[①]日本酒、两打半啤酒、一升九合九勺烧酒、三瓶法国白兰地以及五瓶威士忌，前后不到五个小时。饮五郎思忖着，最好能修炼出一门本领，在自己胃里钉上一根钉子，永远挂着一只带红布条的瓶拔子，不管什么酒，连瓶一起吞进肚子，在胃里拔去塞子，让其自动流淌，接着再一口将空瓶子吐出来，就像蛇吞鸟蛋，吸干汁液后再吐出蛋壳一般。

其余四人高声唱起赛艇部的加油歌，打破了饮五郎那种形而上学的思绪，他也只好打着饱嗝，合着节拍高唱：

灾祸之源
来自小船
形似妖妇
大腹便便

① 10合为1升，10升为1斗。

蔑视流水前进

前进，我们的小船

饮五郎“嗝、嗝”地合着节拍，大家放声大笑，继续唱道：

嫉妒是魔女

我们不气馁

美貌，速度

肉体，技巧

大家肩并肩

前进，我们的小船

嗝，嗝

比赛休息的日子

静静的海岸

沐浴在树荫的日影里

心情爽快地说：

“我们不要男人。”

前进，我们的小船

嗝，嗝，嗝

他们笑着，说着，唱着，互相挽着膀子一同沿着离前辈家不远的山坡路，曲曲折折地走下来。已经是深夜，稀稀落落的街灯在两边高高的石墙上投下了光影。没有月亮，没有星星。山坡下似乎有电车线路，但既听不到电车沉闷的轰响，也听不到汽车喇叭的鸣叫。

末班电车已经过去两小时了，五个人打算胁迫一辆破旧出租车，杀价送他们回家。如果威吓过了头，说不定司机会把车子迅速开到交警旁边，尖着嗓门控诉五个人的罪行。

走了好久，就是看不见公路。一片陌生的房屋挤满山坡，当他们走到这里一条又黑又湿的小路上时，才好容易发现走错了路。这条小路五个人肩并肩根本走不开，只得分成三人一组和两人一组。

“沿着这条路一直走下去，总会到达那条大道上的。”

一个人叫道。于是，五个人又唱又喊，沿着小路继续前进。

小路两侧一排排错落的房屋，寂静无声。小窗上的亮光只不过是远处街灯的反射罢了。有的地方树立着按摩和妇产科的广告牌，上面的字黑乎乎的，看不清楚，只能依稀辨认出“欢迎首次来诊”、“午后出诊，星期日除外”的字样。杀雄一看到广告牌，就忍不住想拔掉，因为互相挽着膀子，很不自由，就作罢了。

小路一侧时时有生着苔藓的低矮的石头，泛着潮湿的霉味儿，脚下的地面溜滑难行。

“现在，你没听到哨子声吗？”一个人问。

“没有。”另一个人回答。

确实有哨子声，不是一个两个，而是许多哨子一阵乱吹，遥相呼应着向这里走近了。前面弯曲的角落里，传来了匆忙而杂乱的脚步声，他们听到声音后停住了脚步。

好几个警官堵住了五个人的去路。警官们个个将制帽深深压在眼皮上，没有挥舞警棍，只是握在手里，斜斜地支撑在眼前的地面上。他们不说一句话，一步步向学生们逼近。

这群胆大包天的家伙看到事情不妙，为了逃跑转头看看后面。

这时，后头也拥上来一堆帽子深深压着眼皮的警官。前后的人数不断增加，后面赶来的警官，在人群深处呼哧呼哧直喘气。

“出了什么事情？我们正要回旅馆。”偷吉首先用半睡半醒的声音，沉静地问道。

“逮捕你们。”最前面的警官用奇妙的嗓门尖声地回答。

“我们没有干什么坏事。”

“逮捕你们。”警官又重复一遍。

偷吉环视一下同伴的面孔，迅速递了个眼色。年轻力壮的五个人默契地一齐扑向前后的警官，经过一番激烈打斗，五个人都玩起大车轮动作，揪起敌人一个个扔了出去。黑暗中时时传来坚硬的东西“咔嚓咔嚓”炸裂的响声。其间，只觉得脚下的地面滑腻腻的，脚底板被粘住，一齐摔倒了。对方的人马蜂拥而上，给他们一个个铐上了手铐。

警官们将每个人的两只腕子铐在一块儿，路的宽度只能容下三人通过，前方渐渐高了起来。走在先头的偷吉来到路的拐弯处，就着街灯的光亮随便瞥了一眼给自己戴上手铐的警官的侧影。这么一看，就像脊背浇了一桶凉水一样后悔不迭，心想真不该看啊。原来，警官个个都是将帽子深深压在眼皮上，帽子底下根本没有脸。

他们一行被警官团团包围，小心翼翼登上小道。其他吵吵嚷嚷的伙伴也都变老实了，偷吉心想，他们想必也和自己一样，发现这些警官都没有脸吧。但是，想起刚才喝得酩酊大醉，这会儿决心订正自己眼睛的错觉。

接着，他由反方向的左侧观察警官的面孔。只见那侧影没有眼睛，也没有鼻子，清清楚楚描画出一个白皙而规矩的椭圆形。那灰白的肉块，鼓胀着圆滚滚的面颊，十分坚硬，表面上闪着光亮。

“哦，这些家伙都是鸡蛋！”

偷吉心想。他忽然想起用自己坚硬如石头般的脑袋撞击他，打碎他的脸壳。谁知，那个鸡蛋警官机警地把脸一转，躲过了偷吉的进攻。

登上陡坡，崖头上出现一座壮丽的建筑。因为不常到前辈家里来，五个人对这一带房屋都不熟悉。这座建筑呈现棒球场形状，是雪白的新式圆形馆舍，所不同于棒球场的是上面覆盖着圆拱形的屋顶。也许是建筑师不愿打破这种圆满的形态，一边有一座瞭望台一样的凸起部分，与地表呈四十五度角，在不用柱子支撑的状态下长长地向天空伸展。

警官推开沉重的大门，他们一行被带了进去。内部的结构类似一座宽阔的圆形剧场，阴暗，寒冷。开始什么也看不到，只是感到聚集着许多人，衣服窸窣作响，听起来倒像是上面的象牙牌子互相摩擦发出的铿锵之声。

他们被带到圆形建筑的中央，模模糊糊看到眼前摆着庄严的白色讲坛，俨然坐着三位审判官，黑色制服上的金线明灭可睹。审判长的脸满是麻子，颜色赭红，越看越像个大鸡蛋。依次而坐的法院书记官、法官、刑警和律师等，一律都是鸡蛋。五个人眼睛逐渐习惯了，他们发现济济一堂的数千名听众，一个个都是鸡蛋。

鸡蛋刑警突然开口。其实，他根本没有口，只是从内部发出一种尖利的音响：

“请求法庭对被告偷吉、被告邪太郎、被告妄介、被告杀雄和被告饮五郎等五名不法学生，判处死刑。被告们冒渎鸡蛋之神圣，对鸡蛋恣意进行破坏活动，不仅供其食用，而且每天早晨一同打碎鸡蛋，通过这种音响，努力宣传推广鸡蛋食用法。自从鸡蛋供食用以来，此种屈辱的历史虽然漫长，但以此种露骨而尖锐的形式吞吃鸡蛋，实所罕见……”

鸡蛋律师站起身来，这是一只瘦小而似乎又不好吃的鸡蛋。

“刚才刑警说了，鸡蛋壳比这五名被告的皮肤还硬，用软弱的皮肤打碎坚硬的鸡蛋，这不叫弱肉强食，而应该称为一种反抗行动。”

“坚硬就是脆弱。”刑警极力辩解，他用感伤的语调说，“尽管我们在形式上是卓越的，但被告们在思想上是卓越的。思想不拘于多少，都带有暴力性质……”

“可是正如大家知道的，被告们都是赛艇部会员，他们怀抱的所谓思想，很难认为是社会的普通理念，也许叫做一种力量更合适。”

“力量就是最初的思想。假若力量最初没有打碎鸡蛋壳，那么是谁发明鸡蛋可供食用的思想呢？必须把他们的力量看做是这种危险思想的行动。不，他们正因为满脑子都是鸡蛋可供食用的思想，所以才能发挥出那种力量。”——刑警越说越兴奋起来，蛋壳内部透出闪光的红潮，“卑职坚决请求判处五名被告死刑，具体如下：偷吉处以煎鸡蛋刑，邪太郎处以炒鸡蛋刑，妄介处以煮鸡蛋刑，杀雄处以荷包蛋刑，饮五郎处以鸡蛋酒刑。”

听到这番请求，旁听席上个个喜形于色，众多鸡蛋“咔嚓咔嚓”相互碰撞着，众多蛋黄在蛋壳里相互传递着欢笑的波浪。五名学生满脸不平，人人撅着嘴。只有饮五郎看样子欢迎这样的判处。

“关于刑警的请求，”瘦小的鸡蛋律师加以反驳，“究竟用何种方法对人实行鸡蛋式的处刑，我想问一问具体的做法。人的蛋白质里果真含有可供做煎鸡蛋的成分吗？”

“当然有。”刑警理直气壮地应道，“既然每天吃掉我们一个，把人煎了自然也能做成煎鸡蛋，这是科学真理！”

“你是说，人体内已经分解的蛋还能还原为鸡蛋，是吗？”

“是的，因此鸡蛋式的处刑，从化学上说，是完全可能的。”

“但这里产生了一个矛盾，这种处刑只不过是由鸡蛋亲自将重新组成的鸡蛋再次虐杀，做成人所食用的鸡蛋菜肴罢了。干脆不用死刑，而是使鸡蛋从五人身体中复活过来，为被他们吃掉的鸡蛋的遗属带来福音，这样不是更好吗？”

“言语荒唐！”——鸡蛋刑警慷慨激昂，脸撞到柱子上，差点儿打碎了蛋壳，“我们应该报复。坚决要求煎鸡蛋！煎鸡蛋……”

五个学生听着这种阿呆陀罗经[①]般的争论，终于有时间冷静地环顾一下全场了。事实上，依然是半醉半醒。邪太郎环顾场内，他想，假如旁听席上有美女，就给她递眼色。没想到个个只是稍有大小之别，完全没有个性，因而使他大失所望。鸡蛋女人们，只想努力从衣着上表现个性，杂沓的衣服令人吃惊。一个鸡蛋穿着宫廷礼服，戴着丝带女帽。妄介感到无聊，便踏起了步子，鞋子撞着地板，发出金属似的脆响，令他大吃一惊。

“这地板是铁的！”他低声告诉同学，他们不以为然，用鼻子尖儿冷笑着，并不打算踩响地板。妄介一跃而起，环视着四周。刚来这座建筑前时所看到的瞭望台似的突出的纤细部分，变成向上倾斜的陡峭的走廊，连接着圆形的部分，宛若圆形部分的骨架伸出的把柄。妄介获得灵感，照旧带着撒谎时那嬉皮笑脸的语调跟同学咬耳朵。

---

① 江户时代流行的讽刺时世的俚语、童谣。

“喂，看！这座建筑多像大平底锅啊！”

四个人听他这么说，茫然地朝瞭望台望去。但是，从平底锅里面看，平底锅很难看成是平底锅了。四个人想，妄介这小子，就喜欢撒谎。

白色的隐隐约约的审判台上，鸡蛋审判长左右晃动着身子，似乎在征询两边审判官的意见。不久，审判长站起身来宣布判决。满堂听众一下子紧张起来，为此，全场弥漫着阴冷的空气。审判长同样尖起嗓门，用庄严而响亮的音调郑重宣判：

“辩护人的意见脱离鸡蛋的道德，犯了人道主义的错误。依照刑警请求，现对五个被告判处死刑，根据鸡蛋刑法第八十二条之规定，立即执行！”

旁听的人没有高声欢呼，只听到震耳欲聋的互相撞击蛋壳的声音。十名警官走到学生们身旁，只听妄介低声而有力地喊道：“还磨蹭什么？干吧！”其余四人只好相信妄介的谎言，戴着手铐，一齐朝瞭望台奔逃。走廊变成一道铁沟，确实像平底锅的把子。五个人跑到顶端，把子尖端一下子摇晃起来。五个人的体重平均一百一十多公斤，相当于五百六十多公斤重的秤砣压在把子尖上。此时，场内一片大混乱，平底锅正好翻个个儿，轰然鸣响，数千个鸡蛋掉落下来，声音传向千百里外。被吵醒的人们全都从黎明前的窗户跳出来，跑出了家门。数千个鸡蛋互相撞击着掉落在地面，打得粉碎，四处流淌。蛋黄和蛋白像经过搅拌器搅拌过一般，完全混合在一起，像一座大蓄水池。这时，附近一家石油公司一辆漂亮的蓝色油罐车，正巧打这里经过，油罐全都空着。五个人断然决定这座庞大的蛋液池归他们所有，一同努力将蛋液装满油罐，请司机帮助运到旅馆。

从此，偷吉、邪太郎、妄介、杀雄以及饮五郎，每天早晨只得吃煎鸡蛋。每天每人即使干掉一块坐垫儿大的蛋饼，还是不知道何时才能吃完。附近的人们每天早晨照例听到一阵喊叫，但打碎鸡蛋的炸裂声没有了，多少受到些安慰。就这样，这些愉快的伙伴们，每天早晨失掉了打碎鸡蛋的乐趣，不过，那种一齐打碎鸡蛋的做法，也实在有些叫人受不了，眼下只好作罢了。

写诗的少年

写起诗来那么容易，一首接着一首，一下子就写成了。一本印有学习院校名的三十页的杂记本，很快就用完了。为什么能在一天里写出两三首诗来呢？少年感到很惊讶。少年生病躺了一星期，编成了一本《一周诗集》。他把笔记本封皮挖成一个椭圆形，露出第一页上Poésies[①]这个词，下面则用英文标上12th.→18th .MAY 1940。

他的诗在学校高年级同学中受到好评。“全是谎言！”他想，“说我十五岁如何如何，大家只不过是在起哄罢了。”

但是，少年确信自己是个天才。因此，他对高年级同学狂妄地宣称：不要说什么“我认为……”，不论什么事都应该说“那是……”。

他因手淫过多患了贫血症。但他对自己的丑事并不放在心上。诗毕竟和生理上这种可厌的感觉不是一码事，诗也不同于其他一切事物。他在制造微妙的谎言。因为写诗，他学会了制造微妙谎言的方法。只要语言美就行。因此，他每天都认真读字典。

少年一旦精神恍惚，眼前总是出现一个比喻的世界。毛毛虫们使樱树叶子变成花边儿，投出的小石头，越过明丽的槲树，去探望大海。吊车一把抓起阴霾的海面上皱巴巴的被单儿，寻找下面的溺死者。金龟子接近的桃子化着淡妆，疾步如飞的人的周围，宛如佛像背后的火焰，空气乱流翻卷，缠绕不散。晚霞是凶兆，呈现着浓碘酒的颜色。冬季的森林向空中伸展着假肢。还有，暖炉旁的少女的裸体，看上去像火红的玫瑰，一旦靠近窗户，才发现那是一枝纸花，冷得起鸡皮疙瘩的肌肤，幻化成一片起毛的天鹅绒花瓣儿。

实际上，世界发生这种变化的时候，他感到无上的幸福。诗诞生的时候，自己必然处于这种无比幸福的状态，对此少年并不觉得奇怪。他头脑里清楚地知道，诗产生于悲叹和诅咒，产生于绝望和孤独。然而，他不知道是否有必要为此对自己更有兴趣，给自己提出一些问题。他虽然认为自己是天才，但奇怪的是，他对自己并不抱多大兴趣。外界一直使他迷醉。或者换一种更恰当的说法，就在他莫名幸福的瞬间，外界已经很顺利地呈现出他所希冀的局面。

诗这种东西，是为保证他一时的幸福而出现，还是诗产生之后他才会获得幸福呢？这一点还不十分清楚。他只是感到，这种幸福可以换来久已希望得到的东西，它和跟父母一起旅行那种幸福全然不同，不是人人都有的幸福，而是只有他才知道的幸福。

无论是对外界，还是对自己，少年都不喜欢久久加以注视。引起注意的一切对象，如果不快速转变，他立即就感到厌倦而停止观看。例如，一簇簇绿叶的光辉，那亮晶晶的白色的部分发生变化，在五月的正午，看上去就像夜间樱花一样。他对那些确定不移、很少变幻、缺乏情趣的物象，以“不可成为诗”而淡然处之。

考试的题目皆不出意料之外，迅速做完，懒得再看一遍，匆匆交

---

① 法语，诗歌。

卷，全班第一个走出教室。这时，他从校门前边穿过上午空无一人的操场，看到国旗升降台旗杆顶端的圆珠发出耀眼的金光。于是，他心中立即涌起莫名的幸福。没有升旗，今天不是节日。然而，今天是他心灵的节日，那珠子的光辉是在为自己祝福吧。少年的心轻快地脱离了肉体，开始考虑诗了。这瞬间的恍惚感，充实的孤独，不比寻常的轻松，无孔不入的鲜明的酩酊，外界和内面的亲和……

这种状态没有自行到来的时候，他试图利用身边之物，硬要唤起同样的酩酊。例如，他透过虎斑玳瑁香烟盒，窥视屋内情景。他用力晃动母亲的液体粉底瓶子，看见粉末在一阵剧烈的翻动之后，将清水留在上层而徐徐沉落下去的情景。

他一无感觉地使用着“祈祷”、“诅咒”和“侮蔑”等词语。

少年参加了文艺部。一个委员把钥匙借给他，他高兴时可以随时到屋内独自埋头研读喜欢的辞书之类。他爱看《世界文学大辞典》浪漫派诗人这一项，这些诗人的肖像绝不长毛扎扎的胡须，他们既年轻又漂亮。

他对诗人的短命很感兴趣。诗人不能不早死。即便早夭，十五岁的他时间还长着呢。少年从这种数学的安心感出发，以幸福的心情考虑夭折。

他很喜欢王尔德的短诗《济慈墓》：“他的一生，被剥夺了生命、爱情和青春，这里是殉教者青春的卧床。”……这里是殉教者青春的卧床。现实中不幸的灾祸，恩宠般地袭击了这些诗人。这令人惊讶的事确实存在。他相信预定的调和，诗人传记中的预定的调和。相信这一点，相信自己的天才，这两者对于他来说完全相同。

对于自己的长篇悼词，对于死后的名誉，他考虑起来十分愉快。但是，一想到自己的遗骸，就有点难为情。他热烈地想着："像焰火那样活着，一瞬间绚烂地照亮整个夜空，又转眼消失尽净。"他想来想去，除此之外，再也想不到别的生存方法了。他讨厌自杀。也许，预定的调和将会体面地将他杀死吧。

诗，开始具有一种倾向，它使少年变成精神的懒汉。更具精神性的勤勉，就更会热心地考虑自杀。

举行朝礼的时候，学监叫到他的名字，命他到学监室去一趟。被叫到那里，意味着比被叫到教员室将受到更严重的处罚。"抓到把柄了！"同学们吓唬他。他面色苍白，两手不住颤抖。

学监用铁筷子挑起火钵里的死灰，一边写着字，一边等着少年。他走了进去，听到一声亲切的招呼："坐下吧。"他没有挨一声骂。学监读了他登在《校友会》杂志上的诗，特地就诗和家庭，询问了一番。最后说道：

"席勒[1]和歌德，是两种典型。你知道席勒吗？"

"是希尔莱尔吗？"

"是的，你不要成为席勒，应该成为歌德。"

少年走出学监室回到教室的路上，满脸带着不高兴的神色，拖着脚步。歌德和席勒，他都没有读过，但见过肖像。"我讨厌歌德，那是个老头子。席勒很年轻，我喜欢席勒。"

比他高五年的前辈、文艺部主任R，对他很照顾。他也很喜欢

① 德国剧作家、诗人席勒（Schiller，1759–1805），"希尔莱尔"是其以前的日语读法。

R。为什么呢？因为R很清醒地认识到，自己是个不得志的天才，他没有考虑年龄之差，同样认为这少年也是天才。天才和天才应当成为朋友。

R是侯爵家的嫡子。他以利勒·亚当[①]为榜样，以出身于公卿之门而自豪，对于古代贵族文艺传统的耽美的爱恋之情，也被他写进作品。R还将诗和小品集在一起，自费出版过一本小册子，令少年甚为嫉妒。

两个人每天都互致长信，写信成了他们每天必不可少的乐事。少年这里几乎每天早晨都收到一封R发来的杏黄色的西式信件。信不管多么厚，重量都可想而知。这种体积大而分量轻的信，给人一种装满轻松感情的感觉，使得少年高兴非常。两人在信的末尾，都各自附上好多近作和当天写的诗作。实在来不及的时候，就捎带一些过去写的旧诗。

信的内容无所不包，从对前封信上的诗的评价开始，直到没完没了的闲扯，听过的音乐，家人的日常琐事，对于美少女的印象，读书心得，从一个单词到一首诗的世界所获得的创作经验，以及昨夜里的梦等等，都一一详加叙述。对于这种习惯，一个二十岁的青年和一个十五岁的少年一点都不感到厌倦。

但是，少年发现，R的信中有着自己信里决然没有的、通达世故的些许忧郁和不安的阴影。对于现实的危惧，对于即将面临的人事的惶恐，都给R的信罩上一层凄清和苦寂。这位幸福的少年，感到这些同自己无缘的阴翳绝不会降临到自己身上。

---

① Philippe Auguste de Villiers de L’Isle-Adam（1838–1889），法国象征派作家。作品有《残酷故事》和《未来的夏娃》等。

我是否会被某些丑恶之惊醒呢？少年既没有这样想过，也没有这种预感。例如，歌德最终就是被这些情感所袭击，久久忍耐着度过老年时代。这种事不会落在他的头上的。不论是美丽，还是丑恶，青春都和他相距遥远，自己心中发现的丑恶全都忘得无影无踪了。

迷乱艺术和艺术家的幻想，使得世间天真的少女注目于艺术家的这种幻想，他自己也被这种幻想深深吸引住了。他对自我存在的分析与研究没有兴趣，但他自己一直梦见自我。他自己属于那种使得那位少女的裸体幻化成假花的、变幻无穷的比喻的世界。少年顽固地认为，创造美好东西的人，不会丑恶。其中一个最重要的命题，随之浮现于脑际，亦即美好的人有没有必要继续创造美好的东西。

有必要？听到这种回答，少年无疑会发笑的。为什么呢？因为他并非因必要而诞生。所有这些，即便被他全部拒绝，依然会使他从诗这方面动手在纸上写字。既然称为必要，就应该有某种缺乏的前提。但他没有，无论怎么考虑，都想不起来。首先，诗的源泉，他一概以“天才”这个方便的词一语道破；另一方面，又不相信自己尚未意识到的深深欠缺的东西，即使相信，他也不用“欠缺”这个词表示，他只喜欢称作天才。

话虽如此，但并不意味少年对自己的诗作完全缺乏批判的能力。例如，他认为受到高年级同学热烈推崇的四行诗之一，显得轻薄而令人羞愧。诗的大意是：如此透明的玻璃的切口，既然是蓝晶晶的，那么，你清亮的眼眸也会藏着许多的情爱。

他人的赞赏当然使少年感到喜悦，在沉溺其中的过程中，傲慢拯救了他。实际上，他对R的才能也并不十分赞赏。R在文艺部的前辈中，确实有显眼的才能，但是他的语言在少年的心目中，没有特别形成一种重量。少年的心里有个严冷的地方，假若R不用尽一切语言赞扬少年的诗才，他恐怕也不会承认R的才能吧。

他每每尝到宁静的无上的幸福，但他很清楚，自己缺乏一个少年应有的粗豪的感动。一种称为“附属战”的棒球比赛，学习院中等科和附属中学春秋各举行一次。学习院如果吃了败仗，比赛一结束，低年级的拉拉队就会围住痛哭的选手，大家抱在一起哭成一团。少年不哭，他一点也不感到悲伤。

“棒球比赛失败了，有什么值得伤心的呢？”他想，那种哭泣的面颜距离他的心很远。少年确实知道自己易感的东西，但这种易感，全都朝着和他人不同的方向。另一方面，他让人哭泣，他自己心里却毫无所动。

少年所写的诗中，渐渐增多了恋爱的素材。他没有恋爱过。然而诗只依托自然物的变幻而作成，这使他感到厌倦，兴趣随之转向歌颂时时刻刻内心的变化。歌颂自己没有经历过的事情，少年对此一点也不觉得惭愧。他一开始就有这种想法，确信所谓艺术就是这么一回事。他对自己没有经历过的事，没有任何感叹。事实上，他看不到自己尚未经历的现实世界和他的内心世界之间存在的对立和紧张，因此也就没有必要强迫自己相信内心世界的优越;或者根据某种不合道理的信条，认为眼下这个世界自己尚未体验过的感情，一概都不存在。为什么呢？这是因为，对于他内心敏锐的感受性来说，这个世界一切感情的原形，即便有时仅仅是一种预感，也被他捕捉到手并反复体验，他认为，其余的体验都是由这些感情元素适当组合而存在。感情的元素是什么？他下了个独断的定义:“那就是语言。”

其实，语言真正的个性化用法，他还没有彻底掌握。但他也认识到，从辞书中寻找的众多语言，越具有普遍性就越含有多种多样的内容，这些语言本身就具有个性化的每个人不同的使用法。然而，他未必想到，这种各不相同的使用法，只有通过体验才能写出丰富多彩的文字。

我们内心世界和语言的最初碰撞，既是个性和普遍性的接触，也意味着受到普遍性磨炼的个性开始有所收获。这种难以表达的内在经验，在十五岁少年的心中得到了充分的积累。为什么呢？因为他碰见一个新词语时所感到的生疏，同时也使他内心体验到一种未知的感情，从而促使他表面上保持着同年龄不太相称的平静。一旦受到某种感情的侵袭，他就立即能从此种感情在心中引起的生疏感中找出适当的内容，思索可以表达此种意义的语言，利用这种语言为目前的感情简单命名，加以处理。这已成为他的一种习惯。因此，少年知道所有一切，包括“绝望”、“诅咒”、“恋爱的喜悦”、“失恋的忧伤”、“苦恼”和“屈辱”等等。

将这些命名为“想象力”，是很容易的，但是少年为这一命名犯了犹豫。既然称为想象力，那么必须学会一想到他人的痛苦自己也能深感其苦的所谓情感转移。少年的冷酷，使他绝不可能感受他人的痛苦，少年自己毫无所痛，他只会一味喃喃自语:“那是个痛苦的人儿！这个我很清楚。”

五月里一个晴朗的午后，上完课，少年到文艺室去，想找个人说说话再回家。他在路上遇到R。

“真巧，我正要找你谈谈呢。”

R说道。这幢临时搭建的木板房教室以前是校舍，用三合板隔开，作为各个社团的活动室。他们两个走进这座建筑之中，文艺部位于楼下一个黑暗的角落。体育部的房间里吵吵嚷嚷，传来欢笑声和唱校歌的声音。音乐部的房间里，响起悠远的钢琴声。

R将钥匙插进污秽的木板门的锁眼。锁开了，但那门必须用身子撞一下才能打开。

屋内没有一个人，尘埃散发着一种亲切的气味。走在前头的R拉开窗户上的插销，把沾满尘土的两手伸到窗外拍了拍，然后坐在一张破旧的椅子上。

双双落座后，少年立即开口说道：

“我昨夜做了个美丽的梦，打算今天回家之后给您写信呢（少年认为做美梦是诗人的特权，他很得意）……似乎是一座红土山丘，红土的颜色十分鲜艳，夕阳照射在红土上，颜色愈加艳红夺目。这时，右面出现一位拖着长条锁链的人，锁链的一端连着一只比人大出四五倍的孔雀。那只孔雀收束着双翅，慢慢被牵到他的眼前。这只孔雀浑身都是鲜艳的嫩绿，闪闪发光，漂亮极了。孔雀离我越来越远了，我凝神目送着它，直到看不见为止……这真是个奇怪的梦。我的五彩的梦，必然带着无比鲜明的颜色。根据弗洛伊德关于梦的定义，那只浑身艳绿的孔雀，究竟意味着什么呢？”

“哦。”R含含糊糊应了一声。

R一反寻常。平素他虽然脸色不好，但说话时声音里总含着宁静的热情，以一种始终不变的热烈的反应回答少年的疑问。然而，如今却看不到他往常的这种态度了。他显然很不情愿地听着少年的独白，不，他根本就没有听。

他的颇为考究的高高的制服领子周围，沾着一圈薄薄的油垢，暗淡的光线映在金色樱花领章上，闪闪发亮，使得他那比别人高大的鼻子更加突出地显露出来。特大号的鼻子固然挺秀、美丽，但整个鼻官却浮现着困惑的表情，在少年眼里，那正是苦恼的结晶。

桌面上摆着积满尘土的陈旧的校稿、圆规、笔芯断掉的红铅笔、校友会杂志的合订本以及写了一半的手稿等东西。少年喜欢这种文学性的杂乱。R像收拾东西一般，把手伸向那份陈旧的校稿。于是，他那洁白而纤细的手指立即沾上鼠灰色的尘埃。少年噗嗤笑了。但是，R没有笑，他咂了咂舌头，掸掸两手，说：

“我呀，今天有话跟你说。”

“什么事？”

“事实上，我……”——R稍稍迟疑了一下，接着一口气说了出来，“我很苦恼，我遇到一件很倒霉的事情。”

“你恋爱了？”

“嗯。”

接着，R谈起眼下的处境。他爱上一位年轻的有夫之妇，被父亲知道后给拆散了。

少年瞪大眼睛，直愣愣瞧着R的身姿。“这里有人正为恋爱苦恼，我这才看到恋爱就在眼前。”但是，这不是一道很好看的风景，说起来，只是近似不愉快的风景。R失去了往常的活力，表情颓丧，心中闷闷不乐，就像常见的那些丢失东西或没赶上电车的人的神色。

尽管如此，听到前辈对自己袒露了恋爱的心声，让少年的虚荣心痒痒的。他有点高兴，他还是想试图表现一番满心真切而悲悯的同情。但是，现实中正在恋爱的人的凡庸的姿影，使他有点无法忍受。

“真是不幸，不过，肯定能依此写出一首好诗来。”

少年的心里好容易浮现出安慰的话语。

“哪里还谈到什么写诗。”

R有气无力地应道。

“但是，往往在这个时候，诗可以给人以救助，不是吗？”

少年蓦然想起自己写诗时无上幸福的状态。他认为，借助那种无上幸福的力量，可以战胜任何不幸和烦恼。

“不能那样做，这个你还不懂。”

这句话刺伤了少年的自尊心。少年的心冷了，他企图报复。

“要是真正的诗人、天才，碰到这种时候，诗不正是获救的手段吗？”

“歌德写了维特，将自己从自杀中救出来。”R应道，“但是，歌德写这首诗时从内心里感到，诗不能拯救自己，除了自杀则无路可走。”

“假如是那样，歌德为何没有自杀呢？写诗和自杀如果是相同的话，他为何没有选择自杀？歌德没有自杀，到底因为他是胆小鬼，还是因为他是个天才呢？”

“因为是天才。”

“那么说……”

少年还想再追问下去，但他自己也弄不明白。歌德的利己主义最后将歌德从自杀中挽救出来，这一观念虽然还不明确，但却在心中朦胧地浮现出来。少年想利用这一观念为自己辩护，这个欲望十分强烈。“这个你还不懂。”R的一句话深深刺伤了少年的心。到了他这般年纪，一种年龄上的劣等感比任何感觉都更深切。虽然少年没有从嘴里说出，但他此时却产生了一个鄙视R最切当、最有力的理论。“这个人不是天才，因为他恋爱了。”

R的恋爱确实是真正的恋爱，但绝不是天才的恋爱。藤壶和源氏[①]之恋、佩里亚斯与梅丽桑德[②]之恋、特里斯坦和伊索尔德[③]之恋以及克莱芙夫人和内穆尔公爵[④]之恋……他举出各种非道德的恋爱例证来掩饰自己的苦恼。

少年一边倾听，一边发现R的告白中没有任何一项未知的要素，他为此而感到惊讶。一切都被书写，一切都被预感，一切都被重复。被书写的恋爱要生动得多，被诗颂扬的恋爱要美丽得多。他对R为实现更大的梦想而走进现实很不理解。他不明白，R为什么会产生对凡庸的欲求。

R说着说着，心情显然轻松起来，于是便滔滔不绝地谈起自己的恋人如何美丽。她虽然是个绝色的美人，但在少年眼里浮现不出任何影像。R说，下回给他看照片，其后有些不好意思地说出一个有效的结论。

“她夸奖我的额头很漂亮。”

少年看着R撩起的头发下面露出的额头，秀美的前额在户外微弱

---

① 日本古典小说《源氏物语》的男女主人公。

② 法国音乐家德彪西作曲的歌剧《佩里亚斯与梅丽桑德》的男女主人公。

③ 法国流传于十二世纪的宫廷悲恋故事。

④ 法国女作家拉法耶特夫人（Madame de La Fayette，1634–1693）代表作《克莱芙王妃》的男女主人公。

的光线反射下，皮肤表面带着淡淡的光亮，清晰地描画出两只看不见的大拳头合在一起的形状。

“好一个大锛儿头！”少年暗想，但他一点都不觉得漂亮，“我也是个大锛儿头，这和漂亮完全是两码事。”

——这时，少年似乎有所觉悟。恋爱也好，人生也好，他看到这类认识中必然混入的一些滑稽的夹杂物，舍此人类就无法在人生和恋爱中生活下去。认为自己的大锛儿头漂亮即此一例。

不过，少年也许将抱有相似的信念继续度过人生吧。动辄就会觉得“我也许活着”，这种思考里包含着可怖的因素。

“你在想什么？”

R像往常一样，亲切地问道。

少年咬着下嘴唇笑了。屋外稍稍暗了下来，可以听到棒球部训练的叫喊，以及撞到球棒上的球弹向天空的刹那间清脆而明快的响声。

“说不定有一天，我也不再写诗了。”少年有生以来第一次这么想。但是，他同意识到“自己不是诗人”还有一段距离。

海和晚霞

文久九年晚夏，这里有必要附加一句：文久九年，即公元一二七二年。

年老的寺男[①]带着一个少年，向镰仓建长寺后面的胜上岳攀登。寺男结束了白天里的杂役，喜欢在这霞光绚烂的傍晚，赶在日落之前，登上胜上岳峰顶。

少年本是村里的儿童，经常到寺里来玩，因为既聋且哑，受到村中孩子们的排斥，寺男看他可怜，就带他到山上去。

寺男名叫安里，有一双清澈的蓝眼睛，高鼻梁，眼窝深陷，乍看起来，和常人相貌不一样。因此，那些顽皮的孩子背地里都习惯管安里叫天狗。

他说起话来，一点也不怪，没有明显的外国人的语调。安里伴同这座寺院的开山祖大觉禅师来到这里，已经二十多年了。

夏天的太阳西斜了，开山堂周围，阳光被山岳遮挡，罩上了一片阴影。高耸的山门宛然成了光与影明显的分界线。这个时刻，树木茂盛的寺院境内，阴影迅即增多了。

然而，安里和少年正在攀登的胜上岳西侧，依旧沐浴着尚未减弱的日光。满山蝉声聒噪。荒草丛生的山路两旁已初现秋色。有些地方，曼珠沙华盛开着红花，艳丽夺目。

两人登上山顶，也不擦汗，听任清凉的山风吹干肌肤。

放眼望去，建长寺的众多塔头[②]，尽收眼底：西来院、同契院、妙高院、宝珠院、天源院和龙峰院。山门一旁生长着一棵圆柏，原是大觉禅师由母国宋朝带来的苗木培育的。从这里也可以看见，那棵树龄不大的幼木，枝叶上聚满了晚夏的阳光。

坐落于胜上岳山腹的内殿屋脊就在眼下，再下边则是高耸的钟楼。禅师坐禅窟下方，每年花季四月，遍布的樱林鲜花似海，如今樱树的叶子则是一派浓荫。透过林木空隙，可以窥见山麓的大觉池，水面上映射着灰白的光影。

安里想看的不是这些景色。

镰仓山谷起伏的远方，是一线光闪闪的海水。整个夏季，这里可以看见太阳落在稻村崎一带的海面上。

深蓝的水平线连接天空的地方，低浮着一堆堆积云，看样子纹丝不动，实际上像松散的瓠子花瓣，静静地绽开来，一点点变幻着形状。上面是稍稍退色的晴空，云层虽然早已变浓了，但内里的光线却给云朵刷上一道杏黄的光影。

空中呈现着夏秋相互争斗的景象。这是因为，远离水平线的高空，横向拖曳着广阔的鱼鳞状云彩。这种鱼鳞云在镰仓各个山谷上头，平铺着柔和而纤巧的云斑。

“啊，简直就像羊群！”

---

① 寺院里做杂役的用人。

② 大寺院境内的小寺院。

安里用衰老而嘶哑的嗓音说道。那位聋哑少年坐在一旁的岩石上，仰起头凝神注视着寺男的面孔。寺男自言自语时也是这样。

少年什么也听不见，少年的心里什么也不明白。但是，他那清澈的眸子多么明亮，他虽然不知道安里说些什么，但安里所要说的意思，仿佛直接从那双澄澈的蓝眼睛接收到自己眼睛里来。

正因为这样，安里宛若真的在对少年说话。那语言不是他平时操的流利的日语，而是夹杂着故国家乡中央山地方言的法语。假若给别的顽童听到了，一定会感到这种母音很多、珠圆玉润的国语，很不像天狗说的话。

安里再一次叹着气说道：

"啊，简直就像羊群。塞文地区的那群可爱的小羊羔怎么样了呢？它们生了孩子，又有了孙子和曾孙，一个个都死去了吧？"

他坐在一块岩石上，这里可以望到没有被夏草遮挡的海面。

蝉鸣响彻整个山野。

安里澄澈的蓝眼睛转向少年说：

"你听不到我在说话吧？但你和那些村里人不同，你相信我说的一切。我就说了啊。说的这件事情你一定很难理解，但还是听下去吧。除了你，再没有别人把我的话当成是真的。"

安里絮絮叨叨说起来，每当说不下去时，总是做出一个很少见的奇怪的动作，仿佛想用那动作重新打开思路。

……很早以前，我像你这么大的时候，不，还要更早些，那时我是塞文的羊倌。塞文是法兰西美丽的中央山地，这里位于皮拉山南麓，是图卢兹伯爵的领地。这么说你也不会明白。这个国家的人，连我的母国的名字都不知道。

那是一二一二年，第五十字军临时占领了圣地，后来又被夺回去了。法国人沉浸在悲痛里，女人们又一次穿上了丧服。

一天黄昏，我放牧归来，赶着羊群登上一座山丘。天空格外晴朗。我的随身猎犬低声吼叫着，耷拉着尾巴，一直躲在我的身后边。

我看到基督穿着闪着白光的衣服，从山丘上向我这里走来。同绘画上看到的一样，生着髭须，脸上充满极其慈爱的深沉的微笑。我伏在地上，主伸出手来，摸着我的头发说道：

"夺回圣地的就是你呀，安里。你们这些少年，要从异教徒土耳其人手里夺回耶路撒冷。集合众多的同志，到耶路撒冷去吧。地中海的海水将会分开，为你们开辟走向圣地的道路。"

……我确实听他这么说的，接着，我就昏过去了。狗舔着我的脸，当我清醒过来的时候，冥蒙的暮色里，看到眼前的狗正瞅着我的面孔。我的全身被汗水濡湿了。

回来之后，这事我谁也没有告诉，因为我想，没有人会相信我的话。

过了四五天，一个落雨的日子。我一个人躲在值班小屋里，和上回一样，黄昏时分，有人敲门，出去一看，门外站着一位年老的旅人。他向我乞讨面包。我仔细端详着他，高高的鼻梁，包在灰白的胡须里，神色庄严，眼睛深沉，清澈得有些令人生畏。外头下着雨，我说："请进屋吧。"他没有理睬。一看，他虽然从雨中走来，但浑身的衣服一点儿也不湿。

我一阵恐怖，说不出话来。老人感谢一番之后，离开了。临走时，他用清晰的嗓音在我耳边说道：

“上回对你说的事，你都忘了？还犹豫什么？你是神派遣的人啊！”

我想去追赶那位老人。

可是，四周一片黑暗，夜雨潇潇，老人的身影早已消失了。羊羔们互相紧紧依偎着身子，不安地啼叫着，这叫声在雨里听得很清楚。

……那个晚上，我没有睡着觉。

第二天，我出外放牧，对一个最要好的羊倌，终于讲了这件事。他是一个虔诚的少年，一听完我的话，浑身颤抖，跪在苜蓿花丛里，对我拜了拜。

不到十天，附近的羊倌们便聚集在了我的周围。我绝不是一个傲慢的少年，但大伙们都主动做我的弟子。

这时候，风闻在离我们村不远的地方，出现了一位八岁的预言家。这位年幼的预言家一面说教，一面上演奇迹。据说他用手摸了摸盲目少女的眼睛，少女眼前立即大放光明。

我和弟子们赶往那里，预言家夹在其他孩子们中间一起玩耍，不时发出奇怪的笑声。我跪在那个孩子面前，将主的话一一告诉了他。

那孩子长着奶油似的肌肤，金色的鬈发罩在露出青蓝色静脉的前额上。他见我跪下，收敛起笑容，两三次咧了咧小巧的嘴唇。他连看都不看我一眼，只是茫然凝望着连绵起伏的牧场的地平线。

于是，我也朝那个方向望去。那里生长着高大的橄榄树，树梢过滤着阳光，枝枝叶叶，从内里浮泛着一派光明。清风吹过，那孩子带着一副庄严的神情，用手触触我的肩头，指着那里。这时，我清晰地看到那树梢聚集着众多的天使，不住扇动着金色的羽翼。

“向东走，朝着东方一直走下去！遵照主的教导，走到马赛就好啦。”

孩子用一副和刚才迥然不同的语调，庄严地说道。

传说向四面八方扩散开去，法兰西各地陆续出现类似的事件。十字军中战死者的孩子们，有一天，带着父亲遗留的刀剑，走出了家门。又有的地方，过去在院子里喷水池周围玩耍的孩子们，忽然扔下玩具，向侍女索要些面包，出走了。一旦被母亲抓住斥骂，就说要去马赛，不肯回家。

一座村庄的广场上，天还没有亮，孩子从床上悄悄爬起来，到那里集合。他们一边唱着圣歌，一边出发了，不知要走向哪里。大人们醒来一看，整个村子，除了不会走路的婴儿以外，所有的孩子都走了。

我的同伴越来越多，我带领他们准备到马赛去。这时，我的父母来找我了，他们哭了，责备我太鲁莽。可是，我众多的弟子把我的缺乏信念的父母赶了出去。和我一同踏上旅途的少年不下一百人。法国和德国各地集合来的数千名孩子，都加入了这支十字军。

这趟旅行很不容易。不到半日的旅程，最幼小最孱弱的孩子倒下了。我们流着眼泪掩埋了同伴的尸体，旁边树立了小小的木十字架。

另一支百多名孩子的队伍，误入鼠疫流行地带，全部倒毙，不剩一人。我们的队伍里，也有一名少女，因疲劳而精神错乱，跳下山崖死了。

奇怪的是，凡是将死的孩子，都必定会看到圣地的幻影。这恐怕不是今天已经荒废的圣地，而是盛开着百合花的充满蜜糖的沃野。我们为什么能知道这些呢？因为他们临死前讲述了这个幻影，即便不讲，他们的眼睛似乎都面对着广阔的光明。

总之，我们到达了马赛。

那里已有数十名少男少女在等我们。大家都在想着，到达之后海水就会左右分开。我们走到那里，人数只剩下三分之一了。

我被一群喜笑颜开的孩子簇拥着走向海港。海港内桅杆林立，水手们都好奇地望着我们。我站在岩壁上祈祷，夕阳照射着海面，绚丽夺目。我做了长时间的祈祷。大海依然如故，水波浩渺，海浪毫不知情地向岸边涌来。

然而，我们没有气馁。主一定在等待人都到齐之后才下命令吧？

孩子们陆续到达，大家都累了，也有的患了重病。我们白白等待了好几天，海水到底没有分开。

这时，一位看来信仰十分虔诚的汉子走过来，向我们布施。他很客气地提出，打算用自己的船送我们到耶路撒冷去，以便获得一种荣誉。有一半人犯起犹豫没有上船，其余的半数包括我自己，勇敢地登上了船。

这只船没有驶往圣地，船头转向南方，到达埃及的亚历山大港。我们全都被卖给了那里的奴隶市场。

……安里久久地闷声不响，他似乎对当年那件事情仍然感到很遗憾。

天空已经布满晚夏时节壮丽的晚霞。鱼鳞云一派艳红，有的云朵在横空里拖曳着长长的红黄两色的彩旗。大海方向，天空像熊熊燃烧的火炉。周围的草木，映照着空中的火焰，呈现着奇异的绿色。

安里的话直接面对晚霞，似乎是在向晚霞诉说。他的眼里仿佛出现了海光潋滟中的故乡的风物和故乡亲人们的面孔。他又再一次看到自己少年时代的身影，看到羊倌小朋友们的身影。夏天炎热的日子，他们脱掉粗布衣衫，光着一只膀子，少年雪白胸脯上露出玫瑰色的乳头。被杀害和战死的年轻的十字军战士们的群像，耸峙于海洋上空的晚霞之中。他们没有戴头盔，金发或亚麻色的头发映着落日，看上去好像戴着火焰的盔甲。

幸存的少年也都云散各地了。在漫长的奴隶生活中，安里没有遇见一个熟悉的面孔。他也终于没有去过一次曾经十分向往的耶路撒冷圣地。

安里做了波斯人的奴隶，后来又被卖到印度。在那里，安里听到铁木真的孙子拔都西征的消息，想到祖国的安危，他哭了。

当时，大觉禅师来印度学习佛教，一个偶然的机缘，安里在禅师的帮助下，获得了自由。他为了报恩，打算一辈子伺候禅师。他跟着回到禅师的故国，又听说禅师要来日本，于是就发愿跟着禅师到日本来了。

安里如今心性安然，他终于丢掉了渺茫的归国梦，决心埋骨日本这块土地。他衷心听从师傅的教诲，不再一味祈求来世，也不再憧憬未曾见到的国家了。尽管如此，当晚霞照亮夏季的天空，海水闪现着一线绯红的时候，他的两腿就自然而然地向着胜上岳山顶攀登。

看到了晚霞，看到了海水的反射。于是，他不能不想起这一生开始的时候，自己身上产生的奇怪的想法。那奇迹，那对于未知世界的翘望，以及将自己一伙人赶往马赛去的异样的力量，他不能不再度审视一下这些不可思议的现象。最后，他想起自己在众多的孩子的包围中，站在马赛的码头上祈祷，但海水终于没有分开，夕阳辉映之下，海面上微波细浪，静静地涌动着。

安里想不起来自己是何时失掉信仰的，现在只清楚地记得，不管如何祈祷，那晚霞绚丽的神奇的海面，怎么也分割不开。较之奇迹般的幻影，事实更不可理解。少年的心灵毫不迟疑地接受基督的幻象，面对着霞光万道、绝对不可能分开的海面，当时的情景是多么不可思议……

安里看着远方稻村崎一线海面，失掉信仰的安里，如今不再相信什么大海可以分为两半。然而，这种不可理解的神秘，以及当时没有想到的挫折，依然蕴藏在终于没有分开来的红光闪耀的海水里。

对于安里的一生来说，海假若可以一分为二，也只限于在那一瞬之间。可是，即使在这一瞬之间，晚霞如火的大海，广阔无边，悄无声息，那番奇异的景象……

年老的寺男无言地伫立着。晚霞映着纷乱的白发，澄澈的蓝眼珠嵌上了一点朱红。

晚夏的太阳渐次沉落在稻村崎一带。海面涌流着血红的波涛。

安里回忆着往昔。他想起了故乡的风物和故乡的亲人们。但是，他现在没有回归的愿望了。为什么呢？因为那一切——塞文、羊群、故国，都一概消泯于晚霞迷离的海洋中了。那海洋没有分割成两半，所有这些早已泯灭尽净了。

但是，安里一直目不转睛地看着霞光渐渐变色，一点一点燃烧，最后变成灰烬。

胜上岳的草木终于罩上了阴影，叶脉和树干一节节轮廓反而更显得清晰了。众多的塔头有几处已经沉浸于夕暮之中。

阴影悄悄爬向安里的脚边，不觉之间，头上的天空失去了光彩，渐渐变成微带鼠灰的暗蓝色。远海虽然还残留着辉煌的霞光，只不过在夕暮的天空，映现出一条纤细的金黄和朱红罢了。

这时，久久伫立的安里的脚下，已经传来深沉的梵钟声，那是山麓钟楼上撞响的第一棒。

钟声缓缓流动着，仿佛将山麓间升上来的暮色渐渐推拥向四面八方。那沉重的大音的回荡，与其说是在报时，倒不如说它迅疾消解着时光，将其送进久远之中。

安里闭上眼睛倾听这钟声，当他睁开眼睛，自己的身子沉浸在暮霭之中，远方的一线海面泛着灰白，晚霞已经全部消逝了。

安里要催促少年回寺院了，他转过头来一看，少年两手抱着脑袋，伏在膝盖上睡着了。

报　　纸

敏子那位年轻的丈夫成天忙忙碌碌。他今晚上陪妻子一块儿待到十点钟，然后，开着自家车，先把妻子放下，再赶着去参加下一个聚会。丈夫是位电影演员，这种夜间聚会，妻子又不便跟在身旁，所以她都只得容忍。

敏子经常叫辆出租车，一个人回牛込払方町，她已经习惯了。家里有个两岁的婴儿等着她。尽管如此，她今晚上想多在外头玩玩。

她不愿意一个人回到那座宽大的西式客厅去。那里虽然收拾得十分整洁，但总觉得还残留着一些血迹。

那场无法用言语形容的混乱，到昨天总算有个了结。今晚难得散散心，所以她一心想叫丈夫陪伴在她身旁。但是丈夫受制片人邀请去打麻将，今晚很可能不回家。

敏子身个儿小巧灵活，曾经是一位美丽的少女，所以上学时的诨号叫“泰利亚”①。因为一天到晚操劳过度，身体一点也不肥胖。父亲是电影公司的要人，她因此同电影演员相恋，结成美满姻缘。

就像她爱玩一样，她也爱同情别人。从她那纤细的体格和长相，可以窥视她的纤细的灵魂，就像观看透明画一般。

当晚，在夜总会举行的聚会上，当着同席一对友人夫妇的面，丈夫津津有味地大声讲述了那件事情，弄得全场人都很扫兴。

敏子已经称得上是想象力的化身了，但那位身穿美式西装的年轻的俊男丈夫，却根本谈不上有什么想象力。他的职业本来就是专门唤醒观众的想象力的，也许自己根本不需要那玩意儿吧。

“这件事说起来真吓人，简直无法想象啊。”他似乎想压倒乐队的演奏，手指脚划地大声讲述着，“两个月前，我家婴儿换了保姆。新来的女子饭量特别大，要说她多能吃，米柜子转眼就空了，要问她怎么回事，说是患胃扩张。

“那是前天深夜，我和敏子待在客厅里，听到隔壁屋里有人哼哼，我们赶紧跑过去。一看，保姆正抱着肚子呻吟，身边的婴儿吓哭了。‘怎么啦？’我问她。

“保姆吞吞吐吐地说：‘我要生了。’

“她竟然这么说，把我吓了一跳。过去看她肚子大，我们还以为是胃扩张来着，这会儿总算放心了。

“我们喊醒侍女，三个人好容易把她抬到客厅，放在明亮的地方看了看，我又一次吓了一跳。原来保姆的白色裙裾上染上了鲜血。

“我掀开地毯，在地板上铺了破毛毯，让她躺在上面。保姆流着油汗，整个额头都爆出了青筋。

“请来产科医生的时候，已经生完了。这真是一件客厅流血惨案啊。”

---

① Terrier，㹴。

“这女人真不像话！”朋友插了一句。

“这件事一开始就是有预谋的。简直是一条狗。她瞅准我家有小孩，有的是尿布，又看中我这个人大红大紫，平日生活里有些吊儿郎当的。保姆会会长也来了，诘问那女人，她竟然还很不高兴，连一句道歉的话都没有。昨天好容易送她去住院了。不过，看样子好像是哪个恶棍的孩子。”

“生下的孩子怎么样呢？”

“是个挺健康的男孩子。家里给这位母亲吃空了，所以才能生下这么讨人喜欢的大胖小子来……托她的福，昨天一整天我和敏子都像半个神经衰弱者。”

“不是死胎，倒还好。”

“对那女人来说，也许死胎更合她意。”

丈夫把昨天自家发生的事拿到外头大肆吹嘘一番，敏子对他的这个举动不能不感到惊讶。她闭了会儿眼睛，眼前没有出现那个可怕的分娩的场面，而浮现在脑里的是放在嵌木地板上的纸包，浸满鲜血的报纸里是滚落出来的婴儿。丈夫没有看见这副情景。

看到这种异常的状态，医生很瞧不起这个生下私生子的母亲，所以故意将婴儿这样草草处理完了事。他轻轻用下巴对着报纸示意，助手就用报纸包好婴儿，放在地板上了。敏子那副善良的心肠受到了严重的伤害，她忘记那种令人作呕的气味，找出一块崭新的法兰绒布，将婴儿包好，悄悄放在安乐椅上……

敏子不想再让丈夫感到不快，自那天以来始终占据在她心头的那番情景，没有告诉丈夫。今天晚上，敏子虽然有些不安，但脸上还是满含微笑。

包在报纸里放在地板上的婴儿……像肉店包装纸似的血水淋漓的报纸……报纸襁褓……这件无可比拟的惨事。

她的心几乎没有产生过对保姆的憎恶，这个可怜的婴儿激起了敏子满心的自怜，这种痛切的感情又是如何产生的呢？

“那个包在报纸里的婴儿，”她想，“目击者可以说只有我一个人。他母亲没有看到，婴儿本人更不会知道。只有我将永远在记忆中保留住那番悲惨的降生的场景。假若那婴儿长大了，听到别人谈起自己出生时的情况，将会作何想法？……不过，没问题，只要我一人严守秘密就不会出现那种事。况且我处理得很好，用法兰绒重新包好，一直放在安乐椅上让他睡觉。”

敏子沉默了。

来到夜总会前面，丈夫对出租汽车司机说声“牛込”，让敏子乘上车，他从外面关上车门，隔着玻璃，露出了他那微笑的健康的齿列。自己一家生活中没有任何不安，这种切实的感觉，使得靠在坐席背上的敏子陷入深深的疲劳。她转头看看丈夫。丈夫没有回头，朝着自己的纳什[①]跑去，接着，他那身穿花呢西服的背影就消隐在大街上的行人里了。他不喜欢久久伫立于人流之中。

出租车开动了，晦暗的入口前蜂拥着众多观众的剧场刚刚散场，广告牌上的灯饰已经熄灭了。剧场前边的几棵樱树，装饰着盛开的人造假花，黑暗中望去，简直就是一堆白纸屑。

“……不论如何，那个婴儿……”她又极力回忆起刚才的事，“即使完全不知道自己的出生秘密，长大之后也一定不会是个有

① Nash，美国汽车品牌。

用的人，脏污的报纸襁褓就是婴儿一生的象征……自己之所以百般记挂着那个婴儿，也许是因为偶然想到自己孩子的未来，而引起一阵不安的缘故。……再过二十年，自家的孩子在幸福中长大，到那时，假如有一种可怖的因缘，使得那个已经二十岁的不幸的孩子，伤害了我家的孩子……”

四月初的天气阴沉而又温湿，但这样一想，敏子感觉领口一股寒气。

“……到时我会跟他说明一切。二十年后……四十三岁的我……我要给那个孩子讲清楚，那个报纸包，还有我为他包裹的法兰绒襁褓……”

出租车沿着公园和护城河晦暗的宽阔的大街奔驰，右边车窗远方，街灯闪耀着斑驳的光亮。“……二十年之后，那个可怜的、悲惨的孩子，将处在一种阴森可怖的境遇里吧？没有希望，没有金钱，青春蹉跎，活得像个地老鼠一般。那样出生的孩子，只能是那种结局。他一定会诅咒父亲，憎恨母亲，永远一个人孤单地活着吧？”

这种忧郁的思绪无疑颇中她的心意，否则，敏子就不会那般微细地描绘“他”的未来。

出租车驶过半藏门，插向英国大使馆前方。此时，这一带著名的樱花街道树，展现在敏子眼前。她一时心血来潮，想一个人在这里观看樱花夜景。她走下出租车，静静观赏樱花，一旦兴尽，可以随时叫住打身边通过的出租车。对于胆小的敏子来说，这是她最大的冒险，各种不安的幻想一时在她心中爆发，不能不妨碍她安安稳稳回家。

这位小巧可爱的年轻主妇下了车，一个人穿过马路。平时，她穿越马路，总是抓住同伴，战战兢兢地走过去。这时的敏子却立即获得了解放，瞅准夜间疾驰的汽车缝隙，朝护城河岸公园方向，一口气跑了过去。

这是一座狭长的小公园，叫千鸟渊公园。

整个公园的樱林繁花似锦，团团雪白，缀满枝头，在无风的阴霾的天空下，看上去仿佛紧紧凝结成一个板块。公家配备的灯笼不见了，代之而来的是各处树下装点着红、黄、绿等五颜六色的灯泡，放散着凝滞的光亮。

早已过十点了，赏花的人影渐渐稀少了。脚下满是纸屑，来往行人默默踏在纸上，那响声听起来好像猝然滚动的空罐。

“……报纸……沾满血迹的报纸……悲惨的出生……那样的身世，要是本人知道了，他的一生一定会变得一塌糊涂。一个人如此重大的秘密，只有靠我这个和他毫无血缘关系的人，一辈子替他保守下去……”

敏子的这些想象使她忘掉了平素的胆小，来往行人大都是成双成对的男女，没有人会跑来奚落她。一对情侣坐在河边的石凳上，默默无言地盯着护城河方向。

河里一片漆黑，水面包裹在暗影里。河对面皇居内黑魆魆的森林，同阴郁的夜空交界之处一片暗淡，没有一点亮色。

敏子缓缓走在花下晦暗的道路上，仿佛感到层层花朵重重压在头顶之上。

一排石凳顶头较远的一只，上头有一堆白色的东西。那不是堆积起来的落花，也不是毁坏的石头的颜色。她朝那个方向走去。

一个黑影躺在那只石凳上。

他不像是个醉汉，这从铺得整整齐齐的报纸上可以知道。敏子想，那发白的东西就是报纸。

石凳上铺了好几层旧报纸，上面侧身蜷卧着一个身穿茶色夹克衫的男子。这里或许是他入春以来一个固定的停栖之处。

敏子不由在石凳前边停住了脚步。这个睡在层层报纸里的人，一时之间，忽然使她想起那个包在报纸中、弃置于地板上的悲惨的婴孩，这也没有什么奇怪。

敏子低着眉，看见那男子一头没有梳洗的脏污的乱发，互相纠缠在一起。夹克衫肩头随着呼吸，在黑暗里一起一伏。

敏子感到，自己刚才的幻想，以及同情心所培养起来的悲哀的幻想，迅速成形了。男子黑暗中浮现的额头虽然年轻，也刻满了深深的皱纹，看来是他长期受苦留下的标记。土黄色的裤子随身弯曲着，裤管一头光着脚，套着一双满是窟窿的运动鞋。

敏子立即想看到他的脸，她转过视线，仔细瞧着他那埋在两臂中间的面孔。那人出奇地年轻，眉目清秀，鼻梁高挺，微微张开的嘴唇带着几分稚气。

由于敏子靠得很近，男子身底下的报纸发出很大响声。他醒了，立即眯缝着眼睛，伸出大手，一把抓住敏子的腕子。

不知为何，敏子一点也不觉得害怕。男子紧握她的纤纤素腕，似乎突然对她说道：

“哎呀，已经二十年啦！”

敏子想着……

皇居内黝黑的森林，寂静无声。

牡　丹

一位想不到的朋友邀请我到一个想不到的地方——牡丹园。朋友草田职业和住所都不明，而且有人说他投身政治运动，这说法其实很不准确。他这个人身个儿矮小，目光敏锐，机智诙谐，无所不晓。

午后二时许，我们离开家换了两次电车，最后乘上从未乘过的郊区电车。这是五月初一个响晴的节日。

郊外小站前，停着开往神奈川县一港市的长途大巴。车子走的这条道路，是比东京都心的道路更加漂亮的新建的水泥马路。

“这是军用马路，这次才建成的。”

无所不知的朋友作了简洁的说明。一群远足的孩子正在路旁的池沼旁，撅着一排小屁股捉蝌蚪，衬衫从裤子里露出来，他们对身边通过的巴士看都不看一眼。

我们在一座车站前下了车，这里竖立着通往牡丹园的大路标。道路在田地里时起时伏，时间已经相当晚了，回去的人成群结队，我们必须时时为他们让路。

一路上，茄子田、葱田，路的另一边是沼泽，明丽的日光照耀下，可以清楚地看到小蝌蚪在水藻之间钻来钻去。看不到去年的青蛙，只能听到各处的蛙鸣。池子一角是清洗夏季萝卜的场地，两个农民穿着齐膝的胶靴，忙着洗涤萝卜。一边的木板上参差地堆放着洗干净的萝卜。

“那洗得白白净净的萝卜看起来颇带性感哩！”

我说。

“可不是嘛。”

草田只顾埋头赶路，随便应付了一句。大街上的行人熙来攘往，他走得很快，好几次我的眼里都没有看到他的身影。

小路渐渐上升，树荫深处有一座大门，上面写着“桂冈牡丹园”一行字。我们买了票走进园内。俄而，视线开阔起来，眼前出现一片明丽的牡丹花圃，众多的游人打旁边走过。小路分叉通向好几处花圃，各个区域分别种植着秋牡丹、杜鹃、燕子花。每一株牡丹旁边的木牌上都写着一个华丽的名字：

麟凤

金阁

扶桑司

花大臣

醉颜

霞关

长乐

还城乐

锦辉

月世界

“麟凤”开着紫红的大朵花瓣。“长乐”呈淡粉色，最中央是大红色。其中最华贵的当数开着硕大白花的“月世界”，许多游人跪在花前摄影，画家在后面挥动铅笔为花写生。

其实，牡丹已经过了盛时，花朵渐次衰微，洋红色的花瓣像是经过火燎一般布满疙皱，黄色的花蕊缩在一起，只有干枯的叶子凸现着叶脉，留下雕刻般的端丽。花落光了，只剩一簇叶子。低矮的根干上长出充满生机的青黄色的茎，上头有一轮沉甸甸的巨大的白色花朵。有的则一尺多高，还支撑着一根木架。

“我也想有这么一片花圃。”

两位老姑娘打扮的游客，互相大声地说着话。

“是要有这么大的面积才行啊。”

“我家的也要拔掉一些才好。”

草田拍拍我的肩膀，要我注意。

我转眼望去。

一位衣衫褴褛的老人从我们身边慢慢走过，身上穿着缀满补丁的衬衫，套着裤脚窄小的军裤，戴着退色的红便帽。脚上是劳动布袜子。

他身体健壮，两颊是长久没有刮的花白胡子，目光深邃，炯炯有神。他对周围的游人一点儿也不在意，逐一站在每棵牡丹前边，有时又蹲下来，出神地盯着花朵看个没完。

老人所凝视的是一种名叫“元旦日出”的绯红的牡丹，目下已经盛开，眼开就要衰谢了。花瓣内外，花影错落重叠，一阵风来，明暗交织，杂然而动。

“他是什么人？”

我看到草田带着一副极其认真的表情目送着老人的身影，于是靠近草田的耳朵低声问。

“他是牡丹园的主人，姓川又。两年之前买下了这座园子。”

朋友低声而急迫地说。然后，他抬眼看着山丘上搭的一座帐篷，迅疾而又爽朗地大叫一声：“呀！”

“那里有啤酒店，我已经看够了牡丹，去喝上一杯好吗？”

我对他如此随便有点儿生气，牡丹还没有看完一半，就跟我说想去喝酒。

这位急性子的带路人去喝酒了，剩下我一个人倒可以慢慢欣赏余下的牡丹花。

一种名叫“雪月花”的牡丹，粉白皱纹花瓣中金黄的花蕊，几乎全被遮盖了。每种牡丹都有着各自的个性。一眼望去，随处是站着或蹲下的游人的姿影，有点影响视线。在黑土地上印着一团团浓重阴影的牡丹，一棵棵各自守着一片空地，卓然独立，整体上有一种沉郁的感觉。已经盛开的花朵枝干低矮，花朵硕大，仿佛是从昨天还潮湿的土壤里一下钻出来一般，满含着令人有点儿生畏的活力。

我拐向小路。

向前走去，花圃连着花圃，围绕着开设啤酒店的山丘，直到对面山麓，皆是一望无垠的牡丹。

我有点儿渴了，只好登上山丘的石阶。帐篷外面竖立着漂亮的遮阳伞，草田在下面的小桌子上摆着啤酒瓶和杯子，扬手招呼我。

我们两瓶啤酒很快喝光了，草田用毛森森的腕子揩拭了一下嘴角，说道：

“您知道这里有多少棵牡丹吗？”

“这个嘛，看来真不少啊！”

我俯视着一半罩上阴影的牡丹园的全景说。还有一些带着家人的游客，照相机的镜头映着西斜的太阳，在一个人的胸前闪耀。

“五百八十棵。”

“您知道得真详细。”

我一向深知草田的博识，所以应和着，也没有特别觉得惊奇。

此时，刚才那位老人脚步踉跄地从牡丹园中间穿过。他在每一棵牡丹前伫立，倒背着手，仔细凝望着花朵。

“五百八十棵牡丹，还是五百八十个人呢？”

草田突然说道。

我有些愕然，抬眼望望草田。无所不晓的朋友继续说下去。

“那位川又老人，就是原来著名的川又上校，您应该知道的，他被指认为南京虐杀的战犯。

“那家伙隐姓埋名，逃避了战犯审判，眼下觉得平安无事了，就出面买下了这座牡丹园。

“战犯的罪状是，他必须为好几万人的惨死负责。但是，严格地说，上校作为一种娱乐，亲手实际杀戮的是五百八十人。

“而且，您知道，全都是女人。上校个人的兴趣是只杀女人。

“川又成了这里的主人之后，将牡丹的数量严格限制为五百八十棵。他一棵棵亲手栽种，结果形成一座牡丹园。然而，他的这种奇妙的爱好意味着什么？我做了种种猜想，最后得出了这样的结论。

“这个家伙是在利用一种诡秘的方法，纪念自己的罪恶。这家伙是个犯了罪的人，他最切实的要求，就是用世界上最安全的办法，以彰显自己难以遗忘的罪恶。他做成了。”

走完的桥

你死我亦死，

本来没差别。

若要问差别，

填不满

可爱的小贝壳。

人世何短促，

秋天瞬息过。

——《情死天网岛》[1]下卷《故影依稀的桥》

① 净瑠璃脚本，近松门左卫门作。描写开纸店的治兵卫和妓女小春，决心为爱而死，两人携手来到天网岛大长寺蚬桥之畔，坠河身亡。

阴历八月十五日夜，十一点半筵席一散，小弓和加奈子就回到银座板甚道的分桂家，急忙换上了浴衣。她们很想去澡堂洗澡，但今夜没有时间了。

小弓四十二岁，身长五尺，短小肥胖，卷裹着一件白底黑色秋草花纹的绉纱浴衣。加奈子二十二岁，会跳舞，但是始终没有交上桃花运，春秋两季的定期舞蹈会上，也轮不到好角色。她穿着白底蓝色水波纹的浴衣。

“满佐子今晚上会穿什么样的花色呢？”

“肯定是胡枝子花，她早就想生孩子啦。”

“不过，已经到那个地步了吗？”

“还没，那是将来的事。光凭单相思就能生孩子，那可就成了圣母马利亚啦。”小弓说道。

花柳界有个迷信：夏天穿胡枝子花色，冬天穿远山花色的衣服，就能怀上孩子。

眼看就要出发了，这时，小弓肚子又饿了。虽说每次都是如此，但这次的饥饿简直就像事故一般，突然从天而降。刚才还没这样感到饥饿。再说，只要出去陪席，筵席上不管多么无聊，也不会饿着，这点倒是方便。其他时间根本不会记挂什么肚子问题，但唯有开席之前和结束之后，像突然发病似的，肚子会突然感到饥饿。小弓又无法掌握好时间，事先吃点什么垫垫底。比如傍晚去做头时，她看到过有的艺妓利用排号的间隙，买些冈半烧肉盖浇饭，吃得很香。小弓即使看到了也是无动于衷。她不认为那种东西好吃。可刚过一个小时，肚子就开始闹饥荒了，小巧而又结实的牙根突然冒出了口水，像喷泉一样涌流出来。

小弓和加奈子向分桂家月月缴纳招牌费和伙食费。小弓的伙食费格外多，这固然因为小弓饭量大，嘴巴馋，但仔细一琢磨，打从有了筵席前后闹饥饿这个怪毛病，伙食费逐渐在减少，如今已经落到加奈子之后了。不知道是何时染上这个怪毛病的。每次应邀到主家去，筵席还没开始，她就脚底着火似的先跑到人家厨房，要求道："先给点儿东西吃吃吧。"闹不清这习惯是从什么时候开始的。如今，她已习惯先在主家厨房吃晚饭，等筵席散了之后，又到主家厨房吃消夜。她的肚子也适应这种习惯了，所以给分桂家缴纳的伙食费也减少了。

小弓和加奈子穿着浴衣走在寂悄无声的银座大街上，她们要去新桥的米井，加奈子指着每扇窗户都上了铁板的银行一侧的天空，说道：

"天晴得多好，月亮里真的有只兔子哩。"

小弓只想到自己的肚子，今夜的筵席，第一家在米井，最后是文迺家。在文迺家吃过消夜再出来就好了，可是为了赶时间，就回去换了衣服。现在又要去米井，在刚吃过晚饭的厨房里，一个晚上又得催促人家准备消夜，一想起这个，脑袋就发沉。

……谁知，一进入米井家后门，小弓的烦恼一下子消失了。正像预料的那样，穿着胡枝子绉纱浴衣，站在厨房门口等着她们的米井家的小姐满佐子，一看到小弓的身影，就很善解人意地说道：

“啊，来得真早，不着急，进来先吃点儿消夜吧。”

宽大的厨房尚未收拾好，显得很零乱。灯光下，一大堆碗碟闪着刺眼的光亮。满佐子一只手支撑在厨房门口的柱子上，身子挡住了光线，面孔很黯淡。听她说话的小弓，脸上也没有映着灯光，她没看到小弓刹那间很放心的样子，这使小弓很高兴。

小弓吃消夜的时候，满佐子带加奈子去了自己闺房。到这个家来的众多艺妓中，满佐子和加奈子最要好，她们年龄相同，又是小学同学，两个人的长相也都很标致。但种种理由中，也不知为什么，最重要的一点是彼此意气相投。

再说，加奈子人很老实，看起来弱不禁风，可积累的经验很多，有时无意中说出一句话来，对满佐子都很有帮助，成为她的依靠。比起加奈子来，满佐子爱耍小性儿，在男女私情方面缩手缩脚，显得很幼稚。满佐子的幼稚出了名，母亲根本不放在心上，对满佐子穿胡枝子花色的浴衣，一点儿都不在乎。

满佐子在早稻田艺术科读书，很早以前她就喜欢电影演员R，他一度曾来过米井，于是她对他更加迷恋起来，房子里贴满了他的照片。当时，她在筵席上和R一块儿拍的照片，也烧制在一只硬质薄胎白瓷花瓶上，插满鲜花摆上了桌面。

“今天的角色公布啦。”

刚一坐定，加奈子就撇着那不太雅观的嘴角说。

“是吗？”满佐子很是同情，一副佯装不知的表情。

“我照例扮演童子，不管到什么时候，我总是个末流演员，可真叫人泄气啊！碰到歌舞剧，我永远是个伴舞的角色。我呀，可真是。”

“明年一定会派你个好角儿的。”

“不知不觉，年龄大了，要是像小弓那样年轻，我也就认啦。”

“别瞎说，二十年后，再说这话也不晚。”

两个人谈得很热火，可谁也不愿意提及今晚各自的祈愿。其实，满佐子和加奈子都彼此了解各自的心事。满佐子想和R一道过日子，加奈子巴望找个好丈夫。而且她们两个都明白，小弓想的是金钱。

三个人的祈愿在旁人看来，各有各的道理，可以说光明正大。月亮要是不让她们实现自己的愿望，那就是月亮的错儿了。

三人的愿望简明扼要，都清清楚楚写在脸上，实在是人之常情，她们走在月下的道路上，月亮看到她们的身影，即便有些不情愿，也定会睁一眼闭一眼，满足她们的心愿的。

满佐子说道：

“今夜又多了个人。”

“哦，谁呀？”

“一个月前从东北来的女佣，叫美奈。我本来不想要，可妈妈对我不放心，非找个人陪我不成。”

“她长个啥模样儿？”

"等会儿你们看吧，她发育得倒很好。"

这时，画着芦荻花的格子门打开了，美奈站在那儿，向里瞅了瞅。

"我不是说了吗？叫你坐下再开门！"

满佐子高声喊道。

"知道了！"

她粗声粗气地回答，完全没有顾及主客们的情绪。加奈子看了不由直想笑。美奈穿着用现成的浴衣改做的连衣裙，一头乱蓬蓬的烫发，袖口露出肥硕的腕子。她面孔黝黑，腕子也黝黑，脸上肥嘟嘟的，两颊堆满了肉块，把眼睛挤成一道细缝。牙齿像乱石堆，那张嘴不管变换成什么形状，总要龇出一颗牙来。要想从这张脸上挖出什么感情，那真是难上加难。

"这倒是个贴心的保镖啊！"加奈子跟满佐子咬耳朵。

满佐子满脸认真起来。

"知道了吗？刚才说了，再重复一遍。出了家门一直到走完七座桥，这期间绝对不许说话。否则，我们的愿望都完了。……还有，即便遇到熟人打招呼，也不能搭腔。不过，这个你就不用操心了。……还有，不能两次都走同一条道儿，由小弓小姐打头儿，我们只要跟上她，就不会出错儿。"

满佐子在大学里写过关于普鲁斯特小说的论文，到了这会儿，在学校所学的现代教育等功课，都一下子抛到九霄云外去了。"知道了。"美奈答应着，不晓得她是否都听明白了。

"反正你也要跟着去的，就许个愿吧。想要得到些什么呢？"

"知道了。"美奈傻乎乎地笑了。

"哎呀，还真行！"加奈子从旁打趣道。

这时，小弓用手敲着丝绸腰带，出现了。

“好啦，可以放心地出发了。”

“小弓小姐，你都选好桥了吗？”

“从三吉桥开始吧。那里可以接连过两座桥，这不很合算吗？怎么样？我的头脑还算聪明吧？”

等会儿，就不许开口了。所以，三个人一齐吵吵嚷嚷，争着把积攒的话一股脑儿全倒出来。她们一直说说笑笑地走到厨房门口。门内的水泥地上，整齐地摆放着满佐子的木屐，是伊势田的黑漆木屐。穿进木屐的满佐子的双脚染了红趾甲，黑暗里闪闪放光，小弓第一个看到了。

“哎呀，我的小姐，你可真时髦，黑漆木屐配红趾甲，月光菩萨也会被迷住的。”

“红趾甲！小弓小姐也很新潮啊！”

“知道，像个时装模特儿。瞧！”

满佐子和加奈子互相看了看，大声笑起来。

小弓领头儿，四个人一同来到月光下的昭和大街。汽车站停车场上，停放着结束一天营业的出租车，黑漆车身映着月光闪闪发亮，车子底下传出了唧唧虫鸣。

昭和大街来往车辆很多，但却显得很安静，三轮摩托的喧闹声也没有混进街道的噪音中，听起来似乎是游离开的孤独的音响。

月光下飘浮着几片云彩，与包裹地平线的积聚成一堆的云团连在一起。月亮清晰可见。来往的汽车一旦停住，四个人响亮的木屐声，听起来似乎在月色清澄的天空上回荡不已。

小弓走在最前头，她看到自己面前宽阔的马路上没有行人，心里很满意。不依靠任何人而活着，这就是小弓的骄傲，而且肚子装得满满的，这个也很使她满意。她越走心里越是不明白，除此之外，还要钱干什么呢？小弓感到，自己的愿望全都柔和而毫无意义地消融在眼前马路上的月光之中了。马路的石板缝里，碎玻璃片闪着光亮，月亮里的玻璃也是这样闪光的，那么平素的愿望不也是和这碎玻璃一样吗？她不由想到。

小弓踏着自己颀长的身影，满佐子和加奈子互相勾着小指走路。夜气寒凉，两人都感到，钻进浴衣衩口的微风，使刚刚兴奋得出汗的乳房冷却下来，静静地缩成了一团儿。她们从小指上互相传递着各自的愿望，因为一言不发，因此更加明确无误。

满佐子心中描画着R甜美的声音、修长的眼眉以及满脸的络腮胡子。她和那些影迷不同，作为新桥一流高级饭店老板的女儿，自己一旦认定的事，必定能够如愿以偿。她记得，R说话的时候，扫着自己耳畔的呼吸不带一点儿酒气，有的是一股芳香味儿。她记得，他的呼吸就像新鲜、旺盛的夏草的气息。她一个人独自待着的时候，一想起这些，从膝盖到大腿的肌肉都激动得连连颤抖。眼下，R的身子存在这个世界某个地方，这和自己心中的记忆一样，既确实又不确实。这种不安，始终折磨着她的心灵。

加奈子梦想找个肥胖有钱的中老年男人做丈夫。照她的想法，不肥胖的人不可能有钱，她认为，要不惜一切求得男人的庇护，自己只管闭起眼睛享受这种庇护好了。加奈子习惯闭起眼睛，只是一睁开眼来，心中的“他”就无影无踪了。

……两人像约好了似的一起回过头去，只见美奈默默跟在后头，两手捂着双颊，双脚踢着连衣裙，穿着红纽带的木屐，歪歪拽拽地跟在后面。她的眼睛一派茫然，一向对什么都不认真。满佐子和加奈子都觉得美奈这副样子，是对她们的愿望的一种侮辱。

四个人走到东银座一丁目和二丁目交界处，由昭和大街拐向右方。街灯像洒水一般很有规律地照射在街道两边的楼房上，落到狭窄街道上的月影，也被大楼挡住了。

不一会儿，四个人到达第一座桥——三吉桥，桥的前方看起来有些凸起，这是一座架在分成三股水流之上的极少见的三叉桥，对面角落里蹲踞着中央区役所阴森森的办公大楼，钟楼上钟面的文字板泛着白光，胡乱地标示着时刻。桥栏很低，三叉的中央形成三角形，三个角上分别竖立着一座古雅的铃兰灯，每座铃兰灯都吊着四只灯头，但没有全部点亮，月光照在没有发光的电灯毛玻璃罩上，看上去白茫茫的，成群的羽虱无声地聚集在灯光周围。

河水被月光搅乱了。

大家随着小弓首先站在这边桥畔合掌祈祷。

附近一座小楼的一扇窗户暗淡的灯火熄灭了，仅有的一个加班男子似乎下班回家了，他刚走出小楼，正要锁门的时候，看到这边奇异的光景，立即站着不动了。

女人们开始过桥了，一个个木屐踏得山响，接连不断地走在同一条马路上。谁知，一过了第一座桥，脚步立即沉重起来，就像走在桧木板搭的舞台上一般。她们走到三叉桥中央，只花了一点时间，但一到这里，就像大功告成一样，感到轻松多了。

小弓站在铃兰灯下，回头看了看，又双手合十膜拜，三个人照着她做了一遍。

按照小弓的想法，过三叉桥两边，就等于过两座桥，过桥的一前一后，都做了祈祷，所以，在三吉桥必须做四次祈祷。

不时有出租车驶过，满佐子发现车里人带着惊讶的神情，紧贴着车窗朝这里张望。小弓对此也并非无动于衷。

来到区役所前边，屁股对着区役所进行第四次合掌时，加奈子和满佐子觉得能顺利过第一第二两座桥可以放心了，刚才并没有特别放在心上的心愿，这会儿才感到是这个世界上的无价之宝。

满佐子心里想的是，要是不能嫁给R，干脆一死了之。刚刚过两座桥，强烈的心愿又增强了好几倍。加奈子一门心思认为，没个好丈夫，活着还有什么意思。满佐子双手合十的时候，心中一阵悲凉，眼角突然发热了。

猛回头看看旁边，美奈煞有介事地闭着眼睛，双手合十。可她和我比起来，会有什么心愿可求呢？美奈心里只有空无一物的麻木感。满佐子想到这里，对美奈既轻蔑，又羡慕。

沿河岸南下，四个人来到由筑地通往樱桥的都营电车[1]大街上，不用说末班电车早已过去，白日里经秋阳晒得灼热的两条钢轨向远方伸延，闪着清寒的白光。

来到这里之前，加奈子的小肚子莫名其妙地疼起来。是什么东西引起的呢？一定是食物中毒了。一开始的征兆是有点儿绞痛，走了两

① 东京都经营的路面有轨电车，和行人车辆共用一条街道。

三步就忘了。但忘记所带来的安然情绪始终存在于她的心中，过度的意识终于产生裂纹，刚以为自己忘了马上又出现了疼痛的征兆。

第三座桥是筑地桥。走到这里才发现，位于都心的这座大煞风景的桥，桥畔竟然也忠实地种植了柳树。这是一棵孤立的柳树，平时坐车打这里经过，谁也不会注意它。但这棵树生长在一小片水泥地的缝隙里，忠实地迎着河风摇晃着枝叶。到了深夜，周围喧闹的建筑猝然死去，唯有这棵柳树依旧活着。

走过筑地桥，小弓首先站在柳树下，对着樱桥合十膜拜。也许是肩负向导的职责而感到自豪吧，小弓肥胖的脊背很少像现在这样挺得笔直。实际上，小弓不知不觉将自己的心愿忽略了，她只想到眼下最要紧的是平安无事地走过七座桥。无论怎样，必须走过这七座桥，这就和自己的心愿必定要实现一样重要。这种非常奇怪的心境，如同突然袭来的空腹感一般，她虽然意识到自己一直是这样度过人生的，但走在月下的道路上，信心越来越强，腰杆儿越挺越直，脸孔冲着前方，奔走不停。

筑地桥是一座毫无风情的桥，桥头四根石柱的形态也缺乏特色。然而，走过这座桥时，才能嗅到类似晚潮的水腥味儿，才能沐浴在海风里，也能看到南面下游生命保险公司的霓虹灯，似乎向人们报告，快要接近海边了。

走过这座桥，双手合十的时候，加奈子疼痛逐渐加剧，觉得肚子一个劲儿向上顶。过了电车道，S娱乐场古黄色的大楼同河水夹道而立。走在这条路上，加奈子渐渐放慢了脚步，满佐子看到了也跟着慢下来，但她又不能开口问加奈子哪里不舒服。满佐子看见加奈子两手按着小腹，对自己皱着眉头，这才好容易明白过来。

但是，领头的小弓一直心性陶然，她毫无感觉地只顾昂首阔步走路，将其余三人甩得远远的。

加奈子仿佛觉得一个好男人已经来到眼前，伸手就能抓住的时候却怎么也够不到他。实际上，加奈子的脸孔已经失去血色，额头渗出了油汗。人心都一样，随着下腹越来越疼，加奈子本来热心祈望、越来越增加现实色彩的那桩心愿，不知怎的，突然丧失了现实性，她觉得这原本就是一种非现实的、梦幻般的幼稚的心愿。而且，她步履维艰，随时抗拒着突如其来的剧痛。她甚至觉得，只要舍弃那种可望不可即的心愿，疼痛就会立即好转。

第四座桥眼看就要到了，这时，加奈子用手轻轻搭在满佐子的肩膀上，手指学着跳舞的动作，指指自己的肚子，摇摇汗水粘着鬓发的脸孔，似乎说“我不行了”，猛地转身跑回电车大道。

满佐子本想去追她，但原路返回自己的心愿就失掉了。想到这里，她只好踮起木屐齿来，转头张望着。

到了第四座桥畔，小弓这才开始觉察到，她也回过头瞧着。

月光下，身穿白底蓝色水波纹浴衣的女子，哪里还顾得上脸面，拼命往回跑，呱嗒呱嗒的木屐声在周围的楼房间回荡。这时，只见一辆出租车正巧静静地停在角落里。

第四座桥是入船桥，这座桥和刚才的筑地桥正相反，必须从对面逆向通过。

三个人一起站在桥头，同样拜了拜。满佐子牵挂着加奈子，但这种担心不像平时那样自然流露出来。落伍者只能走和自己不同的道路，她心中泛起一种冷酷的感怀。祈愿是个人的事，即便在这种时候，也不能替别人分担重任。这和登山队员互相扶持、背负重物不同，有些事儿是不可以去帮助他人的。

入船桥桥头低矮的石柱上连着一块狭长的横条铁板，夜间看不清是绿色还是黑色，上面用白漆写着桥名。桥身鲜明地浮现出来，这是因为对岸加德士①加油站静止不动的明丽的灯火，照耀着宽广的水泥地而又反射出来的缘故。

河水里也能看到桥影所及之处小小的灯火。栈桥上建着古老而杂乱的小屋，摆放着花盆，招牌上写着“屋形船”、“绳缆船”、“钓鱼船”和“撒网船”，看样子是尚未入眠的居民点燃的灯火。

从这一带起，楼房的排列渐渐低下去，夜空显得十分辽阔。仔细一看，明朗的月亮躲在云层里，半明半暗。看起来，云层越聚越厚。

三人平安地过了入船桥。

河水在入船桥前头向右转了个直角。到达第五座桥，还有老长一段路。必须沿着空阔的河边大道一直走到晓桥。

右边有许多高级饭馆。左边的河岸上随处堆满了施工用的石块、小石子和沙子，黑乎乎一堆一堆的，有的占据着半个路面。不久，左边河对面出现了圣路加病院的高大建筑。

病院大楼映着朦胧的月色，壮大，巍然。顶端巨大的金色十字架光明耀眼，护卫在一旁的航空标识灯，明灭闪烁，清晰地区分开屋顶和天空。病院后面的会堂也点亮了灯火，哥特式玫瑰花造型的窗棂，高大而明亮。病院的每一扇窗户依然透露着黯淡的灯光。

三个人默默地走着，都在脚步匆匆地赶路。这时间，满佐子也

① Caltex，美国石油公司。

不大想心事了。三个人都走出了一身汗。开始还以为是心理作用，但月光当头的天空越来越怪，满佐子的鬓角落下了最初的雨滴，所幸，雨没有再变大的趋势。

第五座是晓桥，前方出现了令人胆战心惊的白柱子。造型奇特的水泥柱子上，涂着白漆。她们在柱子旁边合十膜拜时，满佐子的脚绊在桥面裸露的一段跨河的铁管子上，差点儿摔倒了。一过桥就到了圣路加病院的门前花园。

这座桥不太长，况且三人走得都很快。小弓就是在刚过完桥的时候，遇见了倒霉事。

迎面走来一个邋遢女子，她敞着浴衣的前襟，抱着一个脸盆，披头散发地三步并作两步来到三人面前，满佐子一眼瞥去，披散着刚刚洗过的头发的脸一片惨白，把她吓了一跳。

“等等，小弓小姐，你不是小弓小姐吗？怎么装作不认识啦？喂，小弓小姐！”

伫立于桥上的女子，颇为诧异地侧过头来，堵在了小弓面前。小弓低着眉没有回答。

女子的声音很大，仿佛风穿墙而过，但力量失去了固定的支点。而且，那喊声一样高低，尽管是在呼唤小弓，却像是在呼叫一个不在场的人。

“我才从小田原町浴池回来，好久不见了，我们很难得在这里相会啊，小弓小姐！”

她的手搭在小弓的肩膀上，小弓只得抬起头。这时，小弓想到的是，就算不做回答，可对方只要跟自己主动搭上句话，愿望就随之破灭。

满佐子盯着女人的脸，脑子里一闪，撇下小弓咚咚咚向前跑去。满佐子记得女子的那张面孔，她是个老妓，似乎叫小缘，战后曾短期在新桥露面，后来脑子有了问题，便退籍不当艺妓了。满佐子还听说，此人从到筵席上陪酒的时候起，就打扮得妖里妖气，令人看了作呕。听说她后来到这一带的一家远房亲戚家养病，现在好多了。

小缘记得同她相熟的小弓，这是当然的事，她忘记了满佐子的模样儿，这倒是她的侥幸。

第六座桥就在眼前，这是一座用绿漆铁板搭建的小型界桥。满佐子在桥头草草做完礼拜，几乎跑着过了界桥，一过桥就放松下来。定睛一看，小弓不见了，自己身后，紧跟着闷声不响的美奈。

没有了带头人，满佐子眼下不知道第七座桥在哪里。但她知道，沿着这条道路一直走下去，总会遇上一座同晓桥并行的桥。过了这座桥，心愿眼看就能实现了。

零星的雨滴再次打在满佐子的面颊上。道路到达小田原町郊外一排批发仓库之处，工地上的木板房遮住河面上的风景。一片昏暗。遥远的街灯望过去很明亮，看来那边的黑暗更加深沉。

临危不惧的满佐子这样走夜路，因为心里有一种愿望作支柱，并不感到怎么害怕。但是，紧跟自己身后的美奈木屐的响声，越走越沉重地压在心头。那声音听起来很繁乱，不过，比起满佐子的细碎脚步声，显得单调又沉闷，仿佛一种嘲讽的声音始终缠着自己不放。

加奈子掉队前，美奈的存在就在满佐子心里唤起类似轻蔑的某种东西，她总有些不放心。眼下两人单独在一起，这位山里姑娘究竟藏着什么心事呢？即便自己不愿去想，也还是一直记挂在心里。这个怀着难以捉摸的愿望的身板结实的女子，紧紧盯在屁股后边，这使满佐子很是腻味。比起腻味，不安也越来越强烈，甚至近乎恐怖了。

满佐子不知道别人的愿望会这般令自己厌恶。身后就像跟着一团黑影，这和加奈子以及小弓心中那种一看就明白的透明的愿望完全不同。

……想到这里，满佐子觉得应该拼命抓住自己的愿望，越发加以珍视。她想起R的容颜，想起他的声音，想起他青春的呼吸。然而，骤然之间，这些影像又飘散了，再没有结成从前的那种图像。

应该尽早过第七座桥，在那之前，只管一心无挂碍地赶路才是。

走着走着，远远望到了街灯，看来就是桥头灯，渐渐接近广阔的路面了，看来快要到达桥跟前了。

刚才远远看到的街灯直射着桥头小公园的沙地，点点雨滴黑蒙蒙地穿透其间。果然是一座桥。

三味线盒子形状的水泥柱子上，标着“备前桥”的字样，柱子顶端亮着微弱的灯光。一看，河对岸左侧是筑地本愿寺，夜空中高高耸峙着蓝色的大屋顶。为了不走回头路，过最后这座桥后先到筑地，从“东剧”通过演舞场前，就可以回家了。

满佐子松了口气，走到桥头双手合十，为了填补赶路剩下的这段空白，恳切而郑重地专念于祈祷。但是，在别人看来，美奈依然亦步亦趋，她将厚厚的手掌合在一起，实在叫人看不惯。祈愿也失去了一定的方向，满佐子的心里不住泛起这样的语言：

“不把她带来就好了，真是讨厌。真不该把她带来。”

……这时，满佐子听到一个男子在叫她，身子一阵哆嗦。那里站着一位巡逻的警官。他是个年轻的警官，面色紧张，声音高亢。

“干什么呀？这么晚还到这里来。”

满佐子听到叫声，心想，只要一张口一切都完了，所以没有吭声。但是，警官接连不断地高声追问，立即使满佐子想到，警官看见深更半夜年轻女人站在桥头，一定以为是想投河自尽吧。

满佐子不能回答。这种场合满佐子应该示意美奈，让她代替自己回答。尽管她很迟钝，总还有个限度。满佐子拉拉美奈的连衣裙，一个劲儿启发她。

美奈不管怎么不机灵，也不至于如此蠢笨。但是，美奈就是冥顽不化，是坚守一开始对她的嘱咐，还是为了实现自己的心愿呢？满佐子见她死不开口，自己不觉呆住了。

“快回答！快回答！”

警官变得声色俱厉。

满佐子打算快步跑过桥去再加以说明，于是摆摆手猛然奔跑起来。这座设有绿色护栏的备前桥，栏杆成抛物线状，整个桥面呈鼓形。满佐子拔腿就跑，这时她看到美奈也跟着向桥上狂奔。

到了桥中心，满佐子被追上来的警官抓住了膀子。

“想逃跑吗？”

“什么逃跑，说得太过分啦。你把我的膀子拽得好疼呀！”

满佐子不由大喊起来。她带着怨恨的眼神望着桥对面，心想这下子自己的心愿完全破灭了，这时，她发现大功告成的美奈，正在专心地做着第十四回祈祷。

满佐子回到家号啕大哭，母亲不分青红皂白地训斥美奈。

“你究竟许的什么愿？”

美奈听了，只是傻笑，不作回答。

两三天后，满佐子遇见了好事，心情高兴起来，她又反复追问美奈，一个劲儿逗弄她。

“你到底想些什么呀？说吧，我不会怪你的。”

美奈依然只是莫名其妙地傻笑。

“我恨你，美奈，你这个人真可气！”

满佐子笑着，她用精心修剪过的锐利的指甲，捅捅美奈圆乎乎的肩膀。她的手指被富有弹力的坚实的肉块顶回来，指头留着麻木的触感，不知道如何才好。

旦　角

一

增山倾倒于佐野川万菊的技艺。他由一名国文科的学生成为专业创作室成员，论其缘由，实在是因为迷上了万菊的舞台艺术。

增山从高中时代起就是一名热心的歌舞伎观众。当时，佐野川是一位花旦，扮演《镜狮子》的蝴蝶精、《源太交恶》中的侍女千鸟等角色。当时，他为人老实，艺德纯正，谁都未曾想到会成为今日演艺界的明星。

可是，增山当时就看出这位冷艳的人物，在舞台上所释放的冷艳的光焰。不用说一般的观众，就连那些报界戏剧评论家，也没有一个人明确指出来。年纪轻轻的增山，早就发现此人是摇曳于舞台、透过白雪依稀可见的一粒火种。当时，没有人这样指出，但如今都众口一词，好像是自己首先发现一般。

佐野川万菊是当今最杰出的专业旦角演员，就是说他不好随便兼演男角。他扮相华艳而润泽，所有的线条极为纤细。力量、权势、忍耐、胆识、智勇和抵抗力，不通过“女性化表演”这一关，他是绝不表演的。这是一种将人的一切感情经过女性化表演加以过滤的才能。只有这样，才称得上真正的旦角，不过现代却很少见了。这是某种特殊纤巧的乐器的音色，不是普通乐器附加弱音器而获得的，也不是单凭胡乱模仿女人而能做到的。

比如，《金阁寺》[①]的白雪姑娘等是佐野川最叫座的角色，增山记得一个月之中曾有十天跑去观赏，屡看不厌，沉迷其中。那出狂言本身，一切均象征着佐野川万菊，戏中所有的因素都和他有关联。

“且说那金阁乃鹿苑院相国义满公之山亭，楼阁三层，庭有八景。夜泊之石，岩石下之水，瀑布奔涌，春色浓丽，柳樱交媚，今都之锦绣也。”

这是净瑠璃的一段开场白，大道具之辉煌，樱花、飞瀑，同金光闪耀的楼阁相映生辉。瀑布流潭，如鼓声咚咚，不断给舞台造成一种不安的气氛。嗜虐而好色的叛将松永大膳苍白的相貌，披着晨光而出现的不动明王的尊体，迎着夕日、现出龙形的名剑俱利加罗丸显灵，映着晚霞的瀑布与红樱，落花飘浮……这一切，都是为高贵、美丽的白雪姑娘的出场作陪衬。白雪姑娘的衣饰没有变化，只是一身普通女孩穿的绯红缎子，但在雪舟[②]的孙女身上却摇曳着名副其实的雪的幻影。雪舟所描绘的《秋冬山水图》中展现着一望无垠的白雪。这种雪的幻影衬托她那一身红妆，更加妍丽夺目了。

其中，增山最喜欢《指尖鼠》一场。被捆绑在樱花树上的姑娘，想起祖父的传说，用指尖儿在落花上画鼠。其鼠栩栩如生，咬断了绳索。当然，身上捆绑着绳索的姑娘，佐野川万菊不是通过人形一般的动作表演，而是运用自己的姿态变化体现出来，比起寻常

---

① 净瑠璃（由三味线伴奏的古典舞台讲唱艺术）《祇园祭礼信仰记》四段目的通称。

② 雪舟（1420—1506），室町后期画僧，长于山水、人物，亦精于装饰花鸟。作品有《破墨山水图》、《天桥立图》等。

的表演看起来更加优美、动人。就是说，角色纤巧的身段以及手指的动作与反转，所有这些令人眼花缭乱的做派，使得平时看到的令人悲伤的动作，一旦被束缚于绳索之中，反而更加富有神奇的活力。一种身不由已的动作所强化的不自然的姿态，一瞬一瞬描绘出美丽的危机，而且这一系列危机，始终涌动着温婉而不屈不挠的生命力。

佐野川的舞台，确实具有魔幻的瞬间。一双俊美的眼睛，目光敏锐地凝视着自花道[①]至舞台，又从舞台至花道。《道成寺》中蓦地抬眼望见钟表时，总是通过一个眼神，给全体观众造成幻觉，预示着场景将为之一变。《妹背山》的《御殿》一场，万菊所扮演的三轮，被橘姬夺去求亲的恋人，饱受官女们的欺侮，最后因嫉妒和愤怒而疯狂地奔上花道。于是，舞台深处，官女们齐声吆喝："雀屏中选，天下第一，锵锵锵，可喜可贺！"高台上的讲唱师用力喊道："三轮一定会回头！""听到那一声喊"，三轮说着，回过头去。三轮人格逐渐改变，表现一种所谓"定格"之相。

每每看到这里，便会感到一种战栗。明亮的大舞台，闪光的金殿大道具，华丽的衣饰……眼望着这个场面的数千名观众头上，一道魔影瞬间掠过。这明显是来自万菊肉体的力量，同时也是超越万菊肉体的力量。他将柔婉、沉稳、优雅、纤细，以及其他种种女性的力量集于一身。此时，增山由这种舞台形象感受到，似乎有一股暗泉般的东西迸发出来，弄不清这究竟是什么东西。增山认为，舞台俳优最后不可思议的恶，令人迷惑并使之沉溺于一瞬的美之间的

① 歌舞伎剧场连结舞台和观众席的高架木板通道，供演员上下场使用，同时也可作为舞台一部分使用。

优美的恶，才是这股泉流的真相。然而，光是这样命名，也解决不了什么问题。

三轮披散着头发。她回头看到的舞台，上面架着正要杀她的寒光闪闪的大刀。

“后台音乐醇厚，调子如秋天般悲凉。”

三轮走向破灭的足履带着同样的战栗。面对死亡和溃灭，裙裾飘扬地奔跑着，那双洁白的足履于嫉妒的痛苦中，欣然一路奋勇狂奔。她准确知道，一腔推动自己前进的激情应该在何时何地告一终结。于是，苦恼和欢喜犹如豪奢的西阵织锦，金丝黯然的正面和明亮的反面，达到了表里一致。

二

增山当上了创作室一员，其中原因固然是来自对于歌舞伎，尤其是对于万菊的迷醉；但同时也是因为他认识到，不通晓舞台内情就无法从这种魅力的束缚之中摆脱出来。他虽由传闻中得到舞台背后的一种幻灭感，一方面又沉迷其中，想亲身品味一下真正的幻灭。

然而，幻灭始终没有到来，万菊本人将其阻止住了。例如，他紧守所谓《菖蒲草》之训，其中有一条：“旦角即使身处后台，亦应保持旦角心态。用餐等事也要回避人眼。”因时间紧迫，不得不当着客人吃盒饭时，也应道一句“对不起”，低头于镜台一侧食之。其实，他做得很巧妙，早早就悄悄地吃完了，从身后看去，毫无觉察他是在吃饭。

增山之所以迷恋舞台上的万菊，无疑是因为他是男儿，始终醉心于女性之美丽。然而，此种迷醉，于后台亲眼看到卸了妆的身姿后依然不减，却是奇怪的事。不用说，万菊脱去戏装，裸露真身，虽复为纤细之肌体，然而却是不折不扣的男儿身。这个身子面对镜台，涂满白粉至于肩头，对客寒暄也是一副女人腔调，不能不令人感到怪异。增山尽管亲近歌舞伎，但开始窥视后台时，也抱着这样的感觉。更不用说那些一看旦角就作呕、一味讨厌歌舞伎的人了，他们见了指不定会说出什么样的话来呢。

然而，增山看到卸妆后万菊裸露的身子，只剩下一件吸汗的短袖衫，不但没有幻灭感，反而觉得心态安然。这个感觉本身也许有些荒诞。不过，增山所迷醉的本体，也就是迷醉的实质并不在于此，因而，他所感到的迷醉并没有崩溃的危险。万菊即使卸掉戏装，他的内部似乎依然裹着好几层华丽的衣裳。他的裸体只是个虚假的姿势，其内部确实蕴蓄着同艳冶的舞台形象竞相辉映的东西。

增山喜欢扮演完重大角色回到后台的佐野川。刚刚演完的重大角色感情的余波，仍然溢满万菊整个身子，时而像晚霞般艳红，时而似残月般清冷。古典剧的宏大的感情——和我们日常生活毫无关涉的感情、争夺王位的世界、七小町的世界、攻克奥州的世界、前太平记的世界、东山的世界、甲阳军记的世界……虽然看去都似源于历史，但其实际内容则不知出自何种时代。这种如彩绘般加以夸张渲染而定型化的荒诞的悲剧世界的感情……超常的悲叹、超人的热情、急火攻心般的恋慕、恐怖的欢喜，以及被逼近难以承受的悲剧状态时的短促的嚎叫……所有这些，至今依然蕴含于万菊的心中。万菊婀娜细腰，如何承受得住如此重担？实令人感到奇怪。这万般感情何以未能从如此纤细之器上滚落下来呢？真使人百思不解。

总之，如今的万菊生活在重大的感情之中。由于舞台的感情凌驾于任何观众的感情之上，所以，万菊的舞台形象光芒四射。舞台上的全部人物也许是如此，但在现代演员之中，像他这样能把脱离日常生活的舞台上的感情，如此真率而生动地表现出来，实在找不到第二个人。

“旦角以色为本。生来美艳之旦角，若没有一副美好的做派，严格修养，也会随之减色。不知修心养性，则行为必惹人生厌。故若不以平生女子一般生活，则很难成为一位优秀的旦角。男儿需铭记于心，此乃于舞台之上扮演女子之紧要处。因此，日常至关重要，切记勿忘。”（《菖蒲草》）

“日常至关重要”……说的不错。万菊日常生活皆以女子之言语、女子之作为为主导。舞台旦角的余波，就会流向同样虚构的延长线上日常女人的河流，慢慢消融下去。当时，假若万菊的日常依旧是男人，水流就会断绝，梦和现实就会被一扇大煞风景的铁门从中隔断。虚构的日常支撑着虚构的舞台。增山认为，这才称得上旦角。旦角，就是梦和现实偷情而生下的孩子。

三

老一代名优相继去世之后，万菊在后台的权势十分强大。旦角的弟子们像用人一般伺候着他，在舞台上，万菊扮演的王姬与女官身边的扈从，老幼之序与后台无异。

撩开印有“佐野川屋”徽记的短幔，走进后台的人会被一种奇妙的气氛所困扰。这个优雅的城郭中没有男人。虽说是同一剧团的人，增山进入这里时也是个异性。当他有要事，用肩头分开短幔向里跨进第一步时，说也奇怪，立即鲜明而真切地感到自己是个男人。

增山曾受公司差遣，访问过演轻歌剧的女孩子们的化妆室，这里完全是女人的世界，那些赤身露体的姑娘就像动物园的野兽一般，千姿万态，朝他漫不经心地睃了一眼。但是，亲临其境的增山和女孩子们之间，并没有像在万菊化妆室那种奇妙的不谐和感。在那里，增山并不需要特意调整思维，时时注意自己是个男人。

万菊一门的人，对于增山并没有表现出特别的厚意。增山知道，他们背后说他没有正儿八经上过大学，说他狂妄自大，爱出风头。增山也感到，他有时炫耀学问，也很使他们反感。这个世界，不伴有一技之长的学问是没有多大价值的。

增山有时偶尔看到，万菊有求于人或心情极好的时候，总是从镜台边斜过身来，微笑着轻轻低着头，这时的眼神看起来最性感，仿佛表示愿意为人献犬马之劳。即使这种时候，万菊本人也不会忘记自己的权威，不会忘记和他人应该保持的一定的距离，但他却清楚地意识到自己的性感。这时，他如果真的是女人，那富于性感的莹润的眼神固然会富丽于女子全身，但女子的性感，却可以使得那一瞬间的秋波独立出来，欻然放射出女性之光。

“樱木町（万菊遵照古风，以住居町名称呼舞蹈和长歌师傅），好吧，请劳驾跑一趟，我不大好说话呀。”

万菊说。这时正值第一幕《八阵守护城》结束后，中幕的《茨木》中暂不出场，他脱去雏衣的戏装，卸掉头鬘，换上浴衣，坐在镜台旁边歇息。

增山听说有事找他，被人叫到后台，等着《八阵》闭幕。镜子忽然着火一样变得通红，化妆间门口彩衣翩翻，窸窣作响，走回来的万菊由弟子和化妆师傅卸掉一切该卸掉的行头，该离去的都走了，除了坐在里间火钵边的弟子之外，再没有别的人，化妆间立即变得寂然无声。走廊的喇叭里传来拆除舞台道具的铁锤声。十一月开演，现在正值下旬，后台已经通了暖气。犹如病院一般令人泄气的玻璃窗户早已蒙上一层水雾，镜台一旁景泰蓝花瓶里插着枝叶低垂的白菊，万菊喜欢和自己名字有缘的白菊花。

“樱木町……”万菊坐在镜台正面紫色厚棉布坐垫上，眼睛直盯着镜子说着话。坐在墙边的增山看到万菊的领口，以及镜中脸孔尚未洗去的雏衣的残妆。然而，他眼睛不看增山，只正面瞧着自己的脸。舞台的余波宛若透过薄冰的朝阳，穿过依然敷着白粉的面颊。他看着雏衣。

他正看着自己刚刚扮演的雏衣的那张脸，这位雏衣本是森三左卫门义成的女儿、年轻的佐藤主计之介的娇妻，她为丈夫之忠义而被迫切断夫妇良缘，册立为“不伴夫君寝席之薄缘”的贞女，最后自尽殒命。雏衣已于舞台之上舍身遗世，绝望而死，镜中的雏衣便是她的幽魂。他知道，就连这副幽魂眼下也已从他身上离去。他的眼睛追索着雏衣。然而，随着他激情的余波的消失，雏衣的面孔渐渐远去。他在告别。离终场演出还有七天，明日，雏衣的面颜、万菊的面颜，还会回到那副细白的肌肤上来……

如上所述，增山喜欢看到处于自失状态的万菊。他在那里几乎眯细着眼睛——万菊突然正面转向增山，他虽然发觉增山正在注视着自己，依然以一副习惯于为人所注目的俳优恬淡的表情，继续着他的谈话。

“那里的一段间奏，要是照原样，总显得有些不足。用那样的间奏虽说动作也不是不能快速完成，但总觉得缺乏一种风情。”

万菊谈起了下个月新推出的舞蹈剧有关音乐的作曲问题。

“增山君，你的意见呢？”

“哦，我也是这个看法。不就是‘濑户唐桥，夜迟迟’后头的那段间奏吗？”

“对。夜——迟——迟——”万菊唱罢这句慢板，伸出纤纤素手打着节拍，嘴里哼着三味线的曲调加以说明。

“我去说吧。樱木町方面一定会给予谅解的，我想。”

“你能跑一趟吗？老是给你添麻烦，实在有些过意不去呀。”

增山谈完要事，像平时一样，立即起身告辞。

“我也要洗澡去了。”

万菊说着也站起身来。他们走到化妆室狭窄的门口时，增山闪开身子让万菊先行。万菊微微点点头，带着弟子首先来到走廊上，侧过身来对增山微笑着，再一次点点头，眼角边的一痕胭脂依然鲜红可见。万菊心中十分明白，增山很喜欢自己。这一点，增山本人也看出来了。

四

增山所属的剧团，十一月、十二月、正月，都在同一家剧场演出。正月上演的剧目早已妥善安排好了，其中包括一位话剧作家的新作。这位作家年纪轻轻，但很有见识，他提出了种种条件，增山不但在作家和演员之间奔走联络，还要同剧场方面的总监等要人进行复杂的谈判，简直忙得不可开交。增山因为是个文化人，对这些工作完全能够愉快胜任。

剧作家提出的第一个条件是，要由他所信赖的一位年轻有为的话剧导演执导。这一条剧场经理同意了。万菊虽然也赞成，但总有点儿勉强，接着他表明了自己的不安：

“我真有些纳闷，这样的年轻人懂得多少歌舞伎？会不会净说些外行话呢？”

万菊所希望的导演是有些年岁的可以相互协调的导演。

新作是根据平安朝时代古典剧《真假兄妹的故事》改编的现代剧。剧场总监对增山说，关于这部新作，不打算委托后台总管了，一切都由年轻的增山负责到底。增山深感重任在身，他有些紧张，但又觉得这部脚本很出色，他乐意承担这项工作。

脚本完成了，角色也分派好了。十二月中旬的一天上午，匆匆忙忙在剧场经理室会客厅举行碰头会。出席者有：剧目总监、剧作家、导演、舞台设计以及全体演员，再加上一个增山。

暖气很热，明丽的阳光从窗外照射进来。召开碰头会，也是增山最感幸福的时刻。这就好比出外旅行，打开地图商量路线一般，哪里乘车，哪里步行，哪里有好水，哪里吃午饭，风景是否最佳，回程是坐火车还是多花点儿时间乘船，等等。

川崎导演迟到了，增山没有看过他所执导的舞台，但听过对他的评价。他晋升导演之后，一年之间先后导演了两出戏作：易卜生戏剧和美国现代戏剧，后者使他获得某报社颁发的导演奖。

除川崎以外，全都到齐了。那位有名的性急的舞台设计，早已打开大型笔记本，等着记录大家所要的各种道具。他不住用铅笔帽敲打着空白的一页。

总监终于发话了：

“不管有多大才气，到底还是个青年嘛，各位演员还是多多关照为好。”

这时，传来了敲门声，女佣道了声“欢迎”。

川崎神采飞扬地走进来，故作姿态地猛地鞠了一躬。他是个身高约有一米八九的细高条儿，眼窝深陷，一副颇具男子气却又有些神经质的风貌。冬天里，他只穿着一件皱巴巴的薄外套，脱去之后，露出青灰色灯芯绒西装，垂直的长发耷拉在鼻子尖儿上，不时用手向上拢一拢。……增山对他第一印象有点儿失望。如果是个出类拔萃的男子，应该是独立于定型的社会之外，但这个人明显还是一派话剧青年的打扮。

川崎应众人之邀在主座就座，但面孔只是冲着同他恳切谈话的剧作家。每一位俳优都被介绍跟他认识，他打声招呼后，又立即转身对着剧作家。增山记得自己也有过这种心情，一个在话剧园地里培养众多青年演员的导演，一旦面对众多生疏的年高德劭的歌舞伎俳优，要想马上热络起来，谈何容易。

事实上，碰头会坐席上这些大腕名优那种一言不发、彬彬有礼的态度，无形之中已经流露出对于川崎的轻蔑。增山蓦地向万菊瞥了一眼，万菊收起平时的骄矜之态，小心谨慎，不带一点儿轻侮的样子。增山看了越发加深对他的敬爱之情。

人们到齐后，剧作家开始介绍台本梗概。其中，万菊担当男主角，如果不把童角时代算在内，他这次是头一回演小生。

权大纳言[①]育有兄妹二人，两人性格相反，从小男女异装，一同长大。哥哥（实际是妹妹）经侍从升右大将，妹妹（实际是哥哥）做了宣耀殿的尚侍。后来，真相败露，各自恢复为原本的男女性别。哥哥与妹妹分别与右大臣的四女儿和中纳言结婚，享尽荣华富贵。

万菊扮演妹妹（实际是哥哥），虽说是小生，但实际上以男子面目出现，仅仅限于最后一场短暂的大结局。在这之前，他一直是宣耀殿的尚侍，一切都是旦角的做派。除最后一场之外，他的演技不可有意显露男人之相，应该全部都是女人，这也是剧作家和导演一致的意见。

这个台本的有趣之处在于，通过演员亲自讽刺歌舞伎旦角存在的合理性，尚侍实际是男子，这和扮演旦角的万菊是男人无异。不光如此，一直扮演旦角的万菊，为了演好这一角色，以男子身扮女

---

① 大纳言，太政官次官，仅次于大臣，相当于副首相。权大纳言，即定员外的大纳言。

儿相，致使日常生活的操作，两两重合展现于舞台之上。并不像以往由小生扮演的弁天小僧的少女形象[①]那样单纯。而且，万菊对这个角色抱有极大兴趣。

“万菊先生照女子做派演下去，即使到终场依然是女儿态也没有关系。”

川崎开始说话了。他声调朗朗，听起来十分悦耳。

“是吗？要是能那样，就轻松多啦！”

“不，不轻松，也绝不能轻松。”

川崎断然地说道。每当这种应该着意的时刻，他的双颊就像灯光一般火红透亮。

一时有些冷场，增山不由看看万菊。只见万菊用手背搪着嘴，恬淡地微笑着。这么一来，全场的气氛才缓和下来。

“好，我继续阅读剧本。”

剧作家戴着瓶底般厚重的廉价眼镜，镜片后面两只金鱼眼睛瞅着摊在桌面上的演出台本。

---

① 弁天小僧是歌舞伎《青砥稿花红彩画》中的人物，名为菊之助。常扮女装做坏事。

五

两三天后，配合每位演员的时间开始分场排练。鉴于全体排练只有当月演出之后的几天时间，在那之前，应该确定的地方必须当场确定下来。

分场排练开始之后，大家果然发现川崎像一位西洋人一样掺和了进来。川崎对歌舞伎一窍不通。为此，增山必须坐在他身边逐一解说歌舞伎术语。由此，川崎必须依靠增山。最初的分场排练之后，川崎忙不迭请去喝酒的就是增山。

增山也明知自己不可一味站在川崎一边，但他觉得很理解川崎的心情。他很清楚，这位青年理论缜密，心地纯洁，万事充满朝气，其人品深为剧作家们所喜爱。面对这位歌舞伎世界难得一见的真正青年艺术家，增山感到心胸明净如洗。增山的立场是千方百计使得川崎的长处为歌舞伎所用。

十二月终场公演后的第二天，开始着手全体排练。这天正值圣诞节两天之后，透过剧场和后台的每一扇门窗，可以感受到岁暮街道上的繁忙气氛。

四十铺席大的排练场，窗边放置着一张粗劣的木桌。川崎同担任舞台监督的创作室一位增山的前辈，背靠窗户而坐。增山坐在川崎身后，演员们坐在墙边，轮到谁出场，谁就走到排练场中央，舞台监督负责提示忘记的台词。

川崎和演员们之间时常碰撞出火药味儿。

“那个地方，‘从此想向河内行’这句台词说完之后，请站起身来走到上手柱子旁边。”

“这里总是站不起来嘛。”

“一定要设法站起来。”

川崎苦笑着，仿佛伤了自尊，脸色逐渐变得苍白起来。

“你说站起来，这太勉强了。这里是需要憋足气力道白的地方。”

经这么一说，川崎露出十分焦躁的表情，他沉默不语。

但是，轮到万菊就不一样了。川崎叫坐就坐，叫站就站，像流水般听从川崎的吩咐。尽管是万菊颇为中意的角色，但在增山看来，总觉得这时的万菊和寻常排练很不一样。

万菊第一场出场完毕，再次回到墙边坐席上的时候，增山有人找他有事，暂时离开了排练场，回来一看，下面的情景映入他的眼帘。

川崎从桌子上探着身子凝视着排练。长长的头发耷拉下来，他也不肯伸手撩开。他袖着手，灯芯绒西装高耸着肩头。

他的右面是白墙和窗户，岁末大甩卖的广告气球高挂在朔风劲吹的冬日的晴空。天上飘着几缕冰硬的白云，犹如用粉笔胡乱划出的几道杠子。古老楼房屋顶的小树林和五谷祠小小的朱红牌坊，历历可见。

万菊端坐在右侧墙边，他将台本摊在膝头，露出笔直挺括的灰色衣领。但是，从这里看不见万菊的正面，只能看到他的侧影。万菊和颜悦色，一双温柔的视线一直对着川崎，不肯移开。

……增山感到微微战栗，他真不忍心走进排练场。

六

增山后来被叫到万菊的化妆室，当他钻进熟悉的短幔时，产生一种从来未有过的感情瓜葛。万菊坐在紫红色的坐垫上，微笑着迎接他，请他品尝改进堂送来的慰问点心。

“今天的排练你觉得怎么样？”

“啊。”

增山对这个问题有些意外，万菊绝不是提这种问题的人。

“你看怎么样呢？”

“我觉得，照这个路子走下去很好……”

“是吗？川崎君很难贯彻下去，真难为他了。某某君和某某君说话盛气凌人，我呀，捏着一把汗呢。……你知道吗？我本来按照自己的想法演出的地方，听川崎君这么一说，也就决定按他的主意办。我哪怕一个人，也要听从川崎君的。但是别人我就管不了啦。我想，只要平时咋咋呼呼的我老实听话，别的人也会觉察到的。我必须极力庇护川崎君，否则，太对不起他了，川崎君一直都在努力工作啊！”

增山平心静气地听着万菊的诉说。万菊本人也许没有觉察自己的恋慕之情，因为他太驯服于宏伟的感情了。在增山看来，凝结于万菊心中的某种情绪，同平时的万菊很不相称。增山所期待于万菊心中的是，一种更透明、更人工化的美的感触，不是吗？

万菊一反平常，他稍稍侧身而坐，柔美的身姿带着一种倦怠。镜面映照着景泰蓝花瓶里一簇寒菊娇小而密集的红花，以及万菊新剃的青青的脖颈。

——舞台彩排的前一天，川崎的焦躁在旁人眼里也唤起了同情。彩排一结束，他迫不及待地请增山喝酒，增山不巧有事要办，过了两小时之后，他径直赶往川崎正在等着他的那家酒馆。

除夕前的一个晚上，酒馆里挤满了人。川崎独自一人坐在柜台上喝酒，他脸色苍白，属于那种越喝酒脸越白的类型。增山一眼瞥见他那苍白的面孔，感到这个青年硬压给自己的精神负担实在太重了。他们各自生活在不同的世界，青年的混乱和烦恼，从礼仪上说，没有理由完全转嫁到自己头上来。

果然，川崎全然不拘礼节地胡搅蛮缠起来，时而说增山是蝙蝠，时而又说是双重间谍。增山只是微笑着，如秋风过耳。他和这个青年虽然只相差五六岁，但增山已经属于“看破红尘”的那种人物，有着老于世故的自负心情。

话虽这么说，增山对这位不辞劳苦、不知疲倦的人依然怀抱着羡慕和希望。他身在歌舞伎演艺圈内，面对众多中伤的言辞泰然处之，这只能表示他是这样一种人：虽然谈不上卑屈，但和那种自我毁灭的诚实无缘。

“我已经完全厌倦了。当初场的大幕一旦拉开，我真想找个地方躲起来。一想到用这种厌倦的心情面对舞台彩排，我就感到受不了了。在我所做过的事情中，这次是最感头疼的一件工作。我已经吃够苦头，绝不会再跳进这个世界中来了。”

“这件事儿一开始就大体估摸到了，不是吗？毕竟和话剧不同嘛！”

增山淡然地回答。这时，川崎意外冒出一句话来。

“我最忍受不了的是万菊先生，我实在讨厌他。我再也不想担任他的导演啦。”

川崎像斜睨着无形的敌人一样，凝视着酒馆那低矮的烟雾弥漫的天棚。

“是吗？我倒觉得他演得很好。”

“为什么？他到底哪儿好呀？我在排练中，对于那些一点也不听指挥，甚至威胁逞凶，或消极怠工的人，倒是不太生气，万菊先生那算什么呀？他总是冷笑地看着我，心里不服气，认定我是个什么也不懂的毛孩子。他呀，对我百依百顺，照着我的话去办的，只有他一个。我就是生他这个气。别看他默默无言，实际上，他是在向我挑战：‘是吗？你既然这么想，我就照你的意思办。一旦上了舞台，就由不得你了，一切都得听我的！’没想到他用这个办法消极怠工。我认为他是最黑心肠的一个。”

增山听得发呆了，但他不想马上向这位青年挑明真相。既然川崎不明真相，也就无需告诉他万菊的一片好意。川崎突然闯入生活感情完全不同的世界，自然不明白这个世界感情反应的方式，即便给他说明，弄不好又会使他以为是万菊的一种策略。这位青年尽管眼睛十分明亮，理论非常优秀，也无法窥探到戏剧内里黯淡而美丽的灵魂。

七

新年过后，一番曲折，首场演出终于拉开了序幕。

万菊恋爱了，这个消息首先在弟子们之间传开了。经常出入于后台的增山，也早就知道了。就像不久即将化成蝴蝶的东西蜷在茧之中一样，万菊躲在自己的恋巢里孕育爱情。他一人独有的化妆室就是一个爱的茧，万菊平时喜欢安静，即便逢到过新年，化妆室也依然悄无声息。

有时，增山在走廊上偶尔越过短幔朝敞开的万菊的化妆室瞅上一眼。只见万菊对镜而坐早已装束整齐，只等登上舞台了。增山看见了古代紫的衣袖，半露着涂满白粉的肩膀，以及一部分乌黑闪亮的头鬘。

这个时候的万菊，在孤独的房子里，犹如一门心思专心纺织的女子。她在织造自己的爱情，她总是漫不经心地织造着。

增山凭直感得知，这位旦角恋爱的铸造只能通过舞台。舞台终日在他身旁，那里时时有恋爱在呐喊，在悲叹，在流血。他的耳鼓里经常听到歌颂这种极致的恋慕的音乐。他的纤巧的身段，不断在舞台上为恋情所驱使，从头顶到脚尖，没有一处不在恋爱。那套着白布袜子的足尖儿，袖口中闪现的华丽内衣的艳色，那白天鹅般长长的颈项，都是为恋爱服务的。

万菊为了培养自己的恋情，主动从舞台上众多壮美的感情中接受暗示，增山对这一点确信无疑。世上普通的演员，总是以日常生活的感情为食粮，丰富舞台的演出，万菊不是这样。万菊在恋爱！刹那间，雪姬、三轮和雏衣之恋，降临到他的身上。

细思之，增山自己也觉得非比寻常，高中时代开始一味憧憬的那种悲剧的感情，舞台上的万菊锁在冰炎之中的官能，平素仅凭一己之身完成的那种壮美的感情……所有这些感情，万菊如今都置于眼前，放在自己心中加以孕育。这样做也无不可，然而，万菊爱恋的对象只不过是个略有薄才、对歌舞伎却一窍不通的风采平平的青年导演。他满足万菊之爱的资格，仅仅因为他是这个世界的异域人，而且是个即将离去、不再回头的年轻的匆匆过客。

八

《真假兄妹的故事》获得社会的好评。那位高喊首场公演当天就要逃遁的川崎，每天都到剧场里来指导演出，他经过地下室，反复来往于前台和后台之间，好奇地触摸一下花道附近甲鱼道具，增山心想，真是个孩子气十足的青年。

报纸上赞扬万菊的当天，增山特地将报纸拿给川崎看。川崎像个不服输的少年，撇着嘴倾吐着满腔的牢骚：

“大家演得都不错，但是没讲到导演。”

增山当然不会把川崎的恶言恶语传达给万菊，川崎遇到万菊时也觉得很神妙，万菊对别人的感情浑然不觉，只是一味将自己的厚意老老实实传达给川崎，相信他能够接受。万菊对这一点确信无疑，但增山却感到焦急不安。不理解对方的心情，在这方面川崎也同样彻底，这一点倒是川崎和万菊十分相似的地方。

新年后第七天，增山被叫到万菊的化妆室，镜台一侧供着小年糕和万菊崇信的神符牌。明天，这块小年糕很可能会被弟子们所享用。

万菊通常心绪好的时候，总是摆出各种点心招待客人。

“刚才川崎君来过了。”

“唔，我在前台看到过他。”

“他还会来这里吗？”

“他要待到《真假兄妹的故事》演出结束。”

“他是不是说过今后还会更忙的话呢？”

“不，没说过。”

“要是那样，我有件事要托你去办。”

增山准备尽量以公事公办的表情听他吩咐。

“是什么事情啊？”

“那个，今晚上，演出结束以后……”——万菊的双颊眼看着涌上了红潮。他的声音比平时更加透明，更加响亮，“……今夜散场后，想请他一起吃吃饭，你能不能代我问问他方便不方便呢？就我和他两个人，想好好谈谈。”

“啊。”

“很对不起，这件事就拜托你啦。”

“不……没关系。”

此时，万菊的眼睛突然停止转动，暗暗瞅着增山的脸色，似乎使人觉得，他已经预料增山会动摇，看他会怎么回答。

“好，我这就去传达给他。”

增山立即站起身来。

——增山走到前台的走廊上，迎面正好遇到川崎，这在幕间休息人流混杂的时候，简直是一种奇遇。川崎周身的打扮，同五彩缤纷的走廊很不相称，这位青年的态度始终斗志昂扬，走在那些只是来看戏的善男善女中间，多少显得有些滑稽可笑。

增山将他领到走廊的一隅，把万菊的意向对他说了。

“他肯定有事儿，请我吃饭，好生奇怪呀。今晚上正巧有空儿，完全没问题。”

“也许是谈戏吧。”

“哼，谈戏？我已经厌啦。”

这时，增山不由产生一种舞台上常见的小叛徒般廉价的感情，他没有觉察自己已经按照舞台人物那样行动了。

“请你吃饭，这正是好机会，可以将你要说的话，毫不掩饰地对他讲出来嘛！”

“不过……”

“看来你没这个勇气吧？”

一句话伤害了青年的自尊。

“好，就这么办吧。针锋相对的机会总算到来啦！我接受邀请，烦请转告。”

……

万菊正在演最后一场戏，他一直要忙到散场。戏一旦散场，演员们草草卸了装，风一般各自回家了。万菊稍稍离开这种慌乱的气氛，他换上夹衣，围着素朴的围巾，等着川崎。川崎来了，他把两手插在口袋里，随便打了声招呼。

“下雪了。”

一个经常扮演侍女的弟子，煞有介事地跑来报告，低头鞠了一躬。

“雪大吗？”

万菊用袖口护着双颊。

“不，只是稀稀落落地飘着。”

“走到车子旁边总得打伞才行。”

“是。”

增山站在后台入口为他们送行。守门的恭恭敬敬为他们摆好鞋子。弟子早已张开伞，护着他们来到门外。

雪以灰暗的水泥墙壁为背景，似有若无地飘飞着，两三片雪花落到了后台入口的混凝土地面上。

“再见吧。”万菊对增山点点头，微笑的嘴角闪露在灰色的衣领里。

“好了，伞给我吧，叫司机快点儿来。”

万菊吩咐弟子，将自己手里的伞举到川崎的头上。川崎外套的后背和万菊和服的后背，在伞下并到了一起。这时，伞上面几片淡淡的雪花弹跳了一下，随即飘落下来。

目送他们远去的增山，觉得自己心中也有一把湿漉漉的大黑伞，哗啦一声张开了。从少年时代起所描绘的万菊舞台的幻影，即使自己成为歌舞伎世界一员之后也未曾磨灭，而今一瞬之间，宛若一只落地即碎的玻璃杯，崩裂四散，彻底消泯了。“我好不容易走到这一步，才懂得什么是幻灭。从此后，我可以不再搞戏剧了。”他想。

然而，他感到幻灭的同时，发现自己重新又被嫉妒所侵袭。增山很担心，这种感情将会把自己引向何方？

百万日元煎饼

“和阿姨约定的时间是九点吧？”

健造问道。

“嗯，是九点。阿姨本来说在一楼卖玩具的地方等着，可那里不好说话，我叫她到三楼的音乐茶座去见面。”

清子回答。

“你倒挺机灵的。”

这对年轻夫妇缓缓迈着步子，从后街走到新世界大厦，仰望着屋顶上五重塔的霓虹。

梅雨时节阴沉而燠热的夜晚，云层低低地闭锁着，霓虹灯光照耀着周围的天空，一片浓丽。

明灭的彩光之中，浅淡的颜色组成的纤细的五重塔实在好看。各个部分时时闪烁不定，渐渐波及全体，一瞬间暗下来，彩光遗留下来的影像行将消泯之际，又猝然闪亮起来，显得格外美丽。由浅草六区一带眺望，五重塔矗立于被填平的瓢箪池畔，成为夜间六区的一个标记。

那里面仿佛使人感到蕴含着谁也无法触及的崇高的生活之梦，

他们两个背倚停车场的栏杆，好大一会儿呆呆眺望着天空。

健造穿着一件背心和粗布裤子，趿拉着木屐。他皮肤白皙，从肩头到胸脯隆起的肌肉，光洁，健美，亮晶晶的浓密的腋毛从腋下蔓延出来。清子穿着坎肩儿，由于健造时常督促，腋下刮得干干净净。不过，因为腋毛刚刚长出，经这么一刮，腋窝有些发疼，所以每次剃腋，她都有些神经质。为此，胳肢窝白皙的肌肉总显出几分微红色来。

清子一张小巧的桃圆脸上，分布着可爱的鼻子和眼睛，互相之间好像有一条细线牵连在一起。这张面孔有时令人想起决不会笑一笑的小动物的天真的面颜。人们看到这张面孔，会立即产生信任，但要由此引起某些幻想，那是很困难的。

她提着一只好大的粉红色手提包，腕子上搭着健造淡蓝的运动衫。健造喜欢空着两手走路。

只要看一看清子朴实的化妆和发型，就会明白他们过着节俭的生活。清子一双小巧的眼睛清澈明亮，对于丈夫以外的男人从不瞥上一眼。

两人穿过停车场前的道路，走进新世界一楼卖场。这里铺面广大，琳琅满目，物美价廉的商品，到处堆积如山。商品的空隙里微微闪现着售货员的面孔，场内充溢着荧光灯清凉的光芒。锰合金制作的东京塔模型一片林立，背后是一排毗连的东京风景挂壁镜。一路走去，镜子里涌动着五颜六色的领带和夏衫的影像。

“住在挂满这种镜子的房间里，真叫人受不了，那太难为情啦。”

“有什么好难为情的？”

健造说话的语气很果断，但他只是对妻子的话作出敏感的反应，并非一概置之不理。两人随之来到玩具卖场前边。

“阿姨知道你喜欢到玩具卖场来，所以才提出要在这里碰面的。”

“嘿嘿。”

健造很喜爱宇宙火箭、火车和汽车等玩具。他没有买，只是听售货员一番说明，一一用手操纵了一下，这使清子感到有些不好意思。于是，清子上前插了一手，她拉着健造的手腕，使他稍稍离开卖场的货架。

“从选择的玩具上可以看出来，你巴望生个男孩子吧？”

“没那回事，女儿也很好嘛。真希望早一点啊！”

“我想再忍耐一两年。”

“是的，应该绝对按计划进行。”

夫妻很早就埋头存钱，将银行存折分成几种，分别标上“X计划”、“Y计划”和“Z计划”等名称。生孩子要绝对遵照计划，在X计划的存款尚未达到定额时，不管有多大欲望都应该强忍。两人在各个方面都深感按月分期付款很不合算，所以洗衣机、电视和冰箱之类，只好等到A计划、B计划和C计划实现的时候，才能用现金购买。其间，A和B已经完成，而D计划是小额预算，用来买不太急用的衣柜之类，一直拖后，始终没有达到预定的数额。在这之前，健造和清子的衣服挂在衣橱里就行了。夫妻俩对穿戴都不甚关心，所以冬天只要有全套防寒的衣服就心满意足了。

他们置办大件东西时，十分慎重。首先索取商品说明书，对各家产品进行一番比较，千遍万遍打听用户们的意见，然后才去御徒町[1]的批发街购买。

然而，有了孩子就不同了。一旦树立了坚实的生活目标，就要充分地拼命存钱，孩子出生一直到长大成人，即使不考虑这么远，做父母的也必须为孩子创造一个无愧于社会的环境。光是婴儿奶粉的开销有多大，健造早已从有孩子的朋友那里打听和研究过了。

夫妇俩心里怀抱着这种理想的计划，瞧不起贫穷人家那种漫无计划、走一步看一步的生活态度。孩子应该有理想的抚育环境，实行有计划的生产，孩子出生之后，将来会有更加幸福的生活理想在等待着他们。然而，他们的理想虽然考虑的不很遥远，但却坚实可行，而且一直在眼前闪现着一丝光明。

青年们总以为现代日本没有希望，这种思想尤其使健造感到气愤。健造是个不大爱动脑筋的人，但他却有着宗教般的信仰，认为人类应当尊重自然，忠实于自然，只要努力活着，未来必然能够开辟新路。首先应崇拜自然，夫妇和睦，这是根本。一对男女只有互相信赖地生活下去，这才是阻止世界走向绝望的最大力量。

所幸，健造很爱清子，对未来充满希望，正是这种力量使得他按照自然所赋予的条件而生存下去。虽然也有别的女人向他卖弄风骚，但他对这种为玩而玩的态度，总觉得“不大自然”。比起这些来，他更喜欢同清子一道对近来青菜和鱼类高居不下的价格互相发发牢骚。

——说着说着，他俩围着店堂已经转了整整一圈儿，又在玩具卖场前边停住脚步。

---

① 东京上野附近的廉价市场。

健造的面前摆着的玩具是空中飞碟发射基地。他的眼睛一直盯着这只玩具。透过窗户，可以窥见白铁皮的基地表面，分布着内部构造十分复杂的机器，指挥塔中旋转的灯火明灭闪烁。蓝色的塑料圆盘，根据传统的竹蜻蜓原理在空中飞行。这个基地仿佛浮现于宇宙中央，正对着地面的铁皮上全部描绘着星空和云彩，其中可以看到熟悉的土星的圆环。

夏夜里闪闪发光的星空一片灿烂。彩色的铁皮表面显得有些冰冷，使人觉得，要是能躺在那样的星空下边，夜间蒸腾的暑气就会立即消失。清子发现了，还没来得及制止，健造在基地一角的弹簧上用手指猛地一弹。

蓝色的圆盘迅速旋转着飞向卖场的上空。

店员不由伸展着手臂喊叫。

圆盘旋转着缓缓下降，落到对面点心卖场上了，正巧停留在百万日元煎饼之上。

"打中啦！"

两眼一直跟随圆盘打转的健造，一边跑一边大声呼喊。

"什么打中啦？"

清子羞涩地连忙背对着玩具卖场，追着健造问道。

"看呀，不是落下了吗？一定有好事啊。"

承载着圆盘的长方形屋瓦状煎饼，仿造真的钞票，烤制成一枚巨大的纸币，标着百万元数字。而且，酷似纸币的印刷纸上原来圣德太子的地方，却换上秃头店老板的一张脸孔，覆盖在用保鲜膜包裹着的三枚屋瓦煎饼上。

三枚共五十日元，太贵了，清子表示反对，但健造觉得很有缘分，于是就买下了。他一买到手，就忙不迭撕开保鲜膜，一枚给清子，一枚自己吃，剩下的一枚塞进清子的手提包。

一种略带些苦味的甜香，随着健造坚硬的牙齿咬碎的一角流入口中。清子也毫不犹豫地将手里的百万日元纸币的一角送进嘴里，像小老鼠一般咬下一小片儿。

健造走到玩具卖场前，将刚才那只空中飞盘交还还给店员，那位店员不高兴地将脸转向一旁，伸出手来。

清子有一对弓一般胀鼓鼓的乳房。她身个儿虽小，但生得匀称，同健造走在一起，有一种隐藏在丈夫阴影里的风情。横穿马路时，他总是使劲儿揪住妻子的两只腕子，一边确认车况，一边用两手确认妻子松软的肉感，自豪地向对岸搬送。

这个女子自己什么都会，但又一味听任丈夫摆布，健造喜欢她富于韧性的活力感。清子从不看报纸，但她对周围发生的一切，具有令人惊奇的正确的认识。清子梳头，翻日历，折叠浴衣，这些活计丝毫不带有生活中的习惯动作，她那充满朝气的身心始终同梳子、日历和浴衣这些“物”，亲切地化为一体。在这种“物”的世界里，清子宛若进入浴池一般，全部沉浸其中了。

“到四楼室内游乐场消磨一下时间吧。”

健造说着，正好电梯停在眼前。他登上电梯，女人默默跟在身后，到四楼下了电梯，她一把拉住男人的皮带，说道：

“我说，不要白白花钱了，这些一个个看起来很便宜，但不知不觉就会花掉一大笔钱的。”

“别这么说，今晚上不是特别高兴吗？去看一场特约预映也不算什么呀。”

“特约预映又有什么意思？过一阵子就都一样便宜了。”

清子对于生活的认真态度很是可爱。她撅起的嘴角上粘着一点儿百万日元煎饼茶褐色的粉屑。

“算了吧，瞧你，嘴角粘着煎饼呢。”

清子立即朝一旁的镜子走去，用小指甲抠去粉屑，手里的煎饼还剩下三分之二。

那里就是经常举办“海底两万里”表演的入口，凌厉的岩石一直垒到天棚。坐落于海底岩石上的潜水艇小圆窗就是售票处，大人四十日元，小孩二十日元。

“四十日元太贵啦。”从镜子旁边回来的清子说道。“这种表演只能看到人造的假鱼，肚子一点儿也不鼓，四十日元可以买到船丁鱼或鲷鱼，以及上等鱼一百克呢。”

“昨天我看到一片黑鲷鱼卖四十日元，哎呀，算了吧，嘴里嘎嘣嘎嘣咬着百万日元纸币，还净说些不景气的话。”

经过一番讨价还价，结果健造还是买了入场券。

“真讨厌，吃了这煎饼，人也变得大手大脚了。”

“可味道真不错呀，正巧，赶上肚子也饿了，真过瘾。”

“刚才吃过饭来就好啦。”

进去一看，类似车站的地方，线路上稀稀落落停着五六台二人坐席的老虎车，此外还有三四对游客。他们夫妇毫不客气地上了最前头的车厢。两人并肩坐下，立即感到坐席窄小，健造顺势用胳膊揽住了妻子的后背。

一个列车长打扮的男子使劲儿吹响了哨子，健造浸满冷汗的健壮的臂膀，紧紧依偎着清子柔软的后背和肩头。肌肉贴合着肌肉，犹如微妙地折叠在一起的昆虫的翅膀，亲密无间地化为一体了。老虎车开始笨重地震颤起来，清子不带任何畏惧表情地说：

“好可怕呀。”

线路上的车子每辆车厢之间都有一定的间隔，次第进入黝黑的岩石砌成的隧道。一进入隧道，就有一段大弯路，洞穴岩壁上，回荡着车轮震耳欲聋的轰鸣声。

“啊。”清子缩起了脖子。这时，有一条鳞光闪射的青色大鲨鱼，紧贴着头皮游了过去。清子的脸紧靠着健造，年轻的丈夫猛地吻了她一下。鲨鱼游过之后，再次陷入一派昏黑之中，只有车子围绕急弯行驶时发出的轰鸣。健造的嘴唇准确无误地射中了清子的芳唇，宛若黑暗之中，一支鱼叉击中一条小鱼，经过一番挣扎之后，寂然不动了。

黑暗给清子带来奇妙的羞耻感。如果没有车子剧烈的晃动和轰鸣，会是什么能支持她耐得这种羞耻呢？她被丈夫抱在臂弯里，每当深入黝黑的隧道时，清子一想到自己的身子暴露于黑暗中，就觉得满脸发烫。沉浸于这种浓重的黑暗里，既看不到别人，别人也看不到自己，反而使她感到有一股力量徒然地包裹着她的肉体。清子回忆起小时候，瞒着父母躲在古老库房里玩的那种黑暗来。

仿佛蓦地从这种黑暗里绽开一朵红花，眼前闪过一道绯红的光线，清子又惊叫了一声。那是一条盘踞于深海里的巨形娃娃鱼，猛地张开了大口。鱼的周围簇拥着珊瑚以及海藻阴森可怖的暗绿色。

健造的面颊极力贴着紧靠过来的清子的面颊，挽着她的肩头的手指，顽皮地抚弄着她的头发。他的指甲的动作比车速和缓得多了，清子明白，丈夫不仅是为了游乐，而且也在尽情玩赏她这个害怕此种游乐的女子。

“快点儿结束吧，我已经怕得受不住了。”

清子说着，她的声音被轰鸣抹消了，根本不成其声音。

老虎车又一次在黑暗中奔驰。清子虽然有些害怕，但心里有了勇气。只要被健造抱在怀里，不管多大的恐怖和耻辱，她都有自信忍耐下去。两人都未曾失掉希望，所以，目下这种幸福的状态，充满了大致与此相似的紧张之感。

眼前立即出现了一条令人不快的褐色的大章鱼，清子又不由叫了一声，健造迅即吻了吻她的脖颈。章鱼巨大的腕爪遮住了整个洞口，两眼喷射着锐利的电光。

下一个角落里，于海底的藻林中悄然伫立着一具溺死的尸体。

不久，隧道的远方出现了亮光，车子徐徐放慢了速度，忽然摆脱了烦嚣的响声，驶出了隧道。一看，那里已是明丽的车站月台，穿着车长制服的汉子，伸手到车厢前的操纵盘上，制止住了车子的惯性。

“到这里结束了吧？”

健造问车长。

“嗯，是的。”

清子坐起身子，一来到月台上，就立即在健造耳边嘀咕道：

“这下子，四十日元就这么花掉啦。”

还没有离开车站出口，两口子就为手中吃剩的百万日元煎饼的大小作比较，清子剩下三分之二，健造剩下一半。

“怎么回事？怎么会和进来之前一样呢？看来刚才的经历太紧张了，连吃煎饼的空闲都没有。”

“这么一想也只好死心啦。”

然而，这时健造的眼睛又转向另一出口色彩斑斓的广告牌上。表明“魔术场”的文字周围缀满彩灯，一群小人惊诧的眼睛里是红绿闪烁的电灯，他们穿着的“多米诺”衣裳[①]涂满了金粉和银粉，闪闪发光。健造不好马上说要进去看看，他一边咬着煎饼，一边靠着墙壁喋喋不休：

“刚才进入‘新世界’时，不是打停车场中央穿过的吗？那一带泥土道路上，由于灯光的关系，我们面前出现了清晰的影子。当时，我就产生一种奇怪的想法，你的身影和我的身影相隔五十厘米，要是中间出现一个小孩子的身影，我们俩牵着小孩子的手走路，那该是一番什么情景呢？那么一想，仿佛真有一个小孩子的身影，有时一下子离开我们，有时又突然出现在我们之间。”

“哎呀，真讨厌。”

“仔细一瞧，身后确实一直跟着一个人影，那是私人司机们在练习打棒球，有个人跑过来拾球呢。”

“是吗……不过，到时候，一家三口也是可以出来散散步的呀。”

“我要带到这些地方来玩。”健造指着广告牌说，“为此，要先见习一下。”

看到健造站在售票窗口一旁掏钱包，这回清子没有再说什么。

他们来得不合时宜，魔术场已经十分闲散，两人走过的区间道路两侧，点缀着明灭闪烁的假花，飘来了八音盒的乐音。

“何时盖了房子，通往门外的路上都要像这样装点一下。”

---

① 一种多米诺骨牌似的黑底法衣。

“低级趣味。”

走进自己家门的心情是怎样的呢？建房资金虽然在小两口儿的计划中尚未见眉目，但总要考虑进去的。未来的一切，现在想想只是梦境，到时候会以极其自然的面貌出现的。……平素坚实可靠的夫妇，正像清子所说的，托百万日元煎饼的福，今晚上那就尽情陶醉于美好的梦境之中吧。

人工的花朵上停着一只人工制作的大蝴蝶，在吸食花蜜。蝴蝶大如一只折叠包，半透明的红色翅膀点缀着黄黑斑点，突出的眼球是闪亮的电珠。由于受到地下灯光的反照，塑料花和草丛，像雾霭中迷离的夕阳，飘荡着朦胧的光芒。那雾状的东西也许是地板上腾起的尘埃。

按照箭头指示，两人最初进入的屋子是“倾斜之间”。地板以及所有家什都是倾斜的，如果挺直身子走进去，就会发现房子本身故意造得使人感到很不舒服。

“我不想住这种房子。”

健造双手支撑在桌面上说道。这是一张漆成黄色的木桌，上面摆着一盆郁金香。他的话听起来像一位君王。他的果断的言语里，含有一种绝不容许他人置喙的希望和幸福的特权的调子，这一点连他自己都没有觉察。他所抱的希望包含着对于他人希望的凌辱，他所考虑的幸福，其性质绝不容许他人动一动指头。这倒没有什么奇怪。

尽管如此，这位一向自以为是、双手支撑着倾斜桌面的年轻的丈夫，他那只穿一件短衫的身姿，还是把清子给逗笑了。乍看起来，这是一幕家庭内的风景，仿佛一位青年，利用星期日的休息时间亲手建造了一间房子，只因算错了尺寸，窗户、桌子都歪歪斜斜的，于是呆然而立，自己一味生着闷气。

“要是能这样生活，也不是不能住呀。”

清子像机器人一般摊开双手，使自己的身体尽量符合房子的倾斜度，同样倾斜着走到站在那里的健造身边。于是，清子的脸挨着健造宽阔的肩膀左侧，宛若斜斜插在花瓶里的一枝鲜花。

健造如一般青年人一样，他紧锁眉头，淡然一笑，照着妻子清倾斜的面颊吻了一下，然后猛地咬了几口百万日元煎饼……

绵软的楼梯，摇动的走廊，两侧伸出鬼脸的妖怪木桥……他们从那些众多的、千奇百怪的建筑中钻出来，到达这里之后，才感到场内多么炎热。健造吃完了一张煎饼，清子一面把始终咬不完的煎饼塞进嘴里；一面寻找一块能够吹到清凉夜风的地方。

一排木马的对面，有个通向阳台的出口。

“现在几点钟？”

清子问。

“差一刻不到九点，我们到那边凉快一下吧，到九点再走。”

“啊，我口渴，煎饼太干啦。”

清子用她为健造准备的一件淡蓝的衬衫，扇着汗津津的雪白的颈项，说道：

“真想马上喝到一杯冷饮呢。”

宽阔的阳台夜风清凉，健造伸着懒腰，同妻子一道背靠在栏杆上。两人赤裸着的白嫩的臂膀，十分鲜活地搭在夜露瀼瀼的黑色铁栏杆上。

“好舒服，比刚刚进来时凉爽多了。”

“傻瓜，价钱好贵呀。”

眼下，可以看到远方寂静的户外游乐场上，分布着众多黑沉沉的机器。旋转木马稍稍倾斜着，空荡荡的坐席暴露于夜露之中。空中观览车黝黑的铁框之间，几只悬空的坐椅，随着风微微摇晃。

与此相反，左侧的饮食店却生意兴隆。就像对着一张鸟瞰图，那些饮食店轩敞的院子内每个角落都历历可见，犹如戏剧的舞台。几栋房屋之间的空地、走廊、院中的流泉、石灯笼、客厅，一座房里，攀着红背带的侍女在收拾盘盏，一座房里，艺妓们在跳舞……一处处都能看得十分清楚。而且，所有的房间的屋檐下都点亮着大红灯笼，一排排，一列列，非常漂亮。其中，白底的文字也很好看。

也许风的缘故，听不到一点声音，眼下的整个景象，精致地凝结于夏夜沉闷大气的底层，看上去，几乎全都蒙上一层神秘的美丽。

清子又谈起那个富有浪漫色彩的话题。

“那种地方价钱太贵啦。”

“那里确实太贵，傻瓜才会上当。”

“什么‘脆黄瓜’之类，名字倒挺时髦。一根黄瓜也卖得很贵。是多少钱来着？”

“好像是两百日元左右。”

健造从清子手里接过运动衫套上腕子，清子伸展胳膊一个个为他扣上纽扣，接着说：

“真骗人，一下子长了十倍。现在最好的三根一共才卖二十日元。”

“哦，这么便宜？”

“一周前开始降价的。”

差五分不到九点，两人离开那里，寻找通往三楼音乐茶座的阶梯。两张百万日元煎饼早已干光了，剩下的一张连清子那只巨大的手提包也装不下，一部分露在了锁扣外头。

——性急的阿姨提早赶来，已经等在那里了。舞台上正在演奏爵士乐，急管繁弦，能够清楚地看到舞台的椅子都坐满了人，只有“不死鸟”花木店一旁死角里一部分椅子是空的。阿姨身穿浴衣一个人独自坐在包厢里，在这家店里显得很不合时宜。

阿姨是一位身材小巧的初老女子，她有着一副时常洗得很白净的平民出身的脸庞，说话时很认真，手也不停地在动。她很善于同年轻人交朋友，这一点使她感到自豪。

“想到你们会请客，所以我预先订了高价的饮料。”

阿姨说话之间，侍者端上来高脚杯里盛满了水果切片的冰激凌。

“哎呀，我们不喜欢，我们只要两瓶汽水就行。”

阿姨立即伸直小指，捏着汤匙一端，灵巧地将杯底的奶油捞起来，像平时一样，口齿伶俐地独自一人唠叨开了。

“这地方很吵闹，说话听不清楚，没关系吧？我在电话里已经说了，今晚上是在中野一个地方，那里也是良家妇女，没想到吧？实际上是带着太太们的一次例行集会。最近，那些贵族妇女也不可忽视啊。别看白天里她们一副趾高气扬的样子……因此，一听到你们的情况，对方就指名提出邀请，务必请你们赏光。这种事儿，对于上了年岁的人，本来就觉得有点儿丑，不过也是人之常情嘛……所以，我也为你们鼓吹了一番，尽管这样，还是有些太便宜了。不过，一旦对方满意，赠金还可以增加些。这个，对方也不了解行情……不论如何，你们只管真心实意去做好了，有些事不说也会明白的。不过，今晚上对方要是称心如意，还可以玩些拿手的高级的动作来。像你们这般情投意合的很少，这一点很叫人放心。不过，可不能给阿姨我丢面子啊……这事儿就这么说定了，对方的一位做干事的太太，正在中野车站前的咖啡馆里等着。以后怎么行动，我也不太清楚。对方不会告诉我们住址，只是从那里乘出租车，故意转弯抹角，经过一段不像样子的道路，虽说不是让你蒙着两眼，可是门牌也不让看清楚，就那么急匆匆从边门送进去。叫人感觉很不舒服，但对方处于那种立场，也是没法子的事儿。在这一点上只好请你们多担待些……你问阿姨我吗？阿姨我即使去，也总是看大门的差事，不管谁来，我都能生法子对付……好了，该走啦。无论如何，你们要打起精神，对方抱着很大希望呢。”

深夜里，健造和清子告别阿姨回到浅草。他们穿过六区，阴霾的夜空底下，看到广告牌的画板沉浸在黑沉沉的可怖的黑暗之中。这时，健造感到身子异常疲惫，脚下木屐的声响在马路上拖得很长很长。

两人蓦地一起抬头仰望着新世界大楼的顶端，五重塔的霓虹灯已经熄灭了。

“唉，都是些讨人厌的客人，那种恶心的人我是初次碰见。”

清子只顾低头走路，没有应声。

“喂，听到了吗？尽是些装腔作势的老婆子！”

“嗯。不过，那也没办法呀……礼金倒拿了不少啊！”

“那些女人，昧着丈夫的钱财挥霍无度。记住，即便有钱，也不要做那号女人！”

“瞎说什么呀！”

清子在黑暗里绽开一副雪白的笑脸。

“一群可厌的女人！”

健造啐了口唾沫，那唾沫划着一道强力的弧线，飞散开了。

“一共多少钱？”

“就这些。”

清子从手提包里抓出一张纸币。

“哦，五千日元？赚了这么多，倒是头一回。阿姨一共拿走三千……畜牲！真想一把撕掉，心里才会好受些。”

清子慌忙从丈夫手里抢回纸币，接着用手摸摸塞在手提包里的最后一张百万日元煎饼，嗲声嗲气地说道：

“要撕，就把这个撕掉好啦。”

健造接过裹着保鲜膜、又包了一层纸的百万日元煎饼，他把纸团了团，扔在马路上。深夜的道路，用手团着保鲜膜的声音显得特别响亮。

他捧着比巴掌大得多的百万日元煎饼，摆出一副要用两手撕开的架势。质地甜腻的煎饼粘在了手上。因为买到之后又过了好长时间，煎饼全都返潮变湿了，撕破口一旁软塌塌地扭曲着，越是扭曲就越增加韧力，健造无论使出多大力气都没能撕开。

忧　　国

一

昭和十一年二月二十八日(即二二六事变[①]爆发后第三天)，近卫步兵一联队勤务武山信二中尉，对事变发生以来亲友加入乱军感到懊恼万分，痛感必引起皇军讨伐之事态，遂于四谷区青叶町自宅八铺席房间内执刀剖腹自杀身死，丽子夫人亦殉夫君自刃而亡。中尉遗书只有一句话：“祝皇军万岁！”夫人遗书自述先于双亲而死实乃不孝，万望宽宥，还写有“军人之妇，终有此一日”，云云。烈夫节妇之死，实有泣鬼神之概。附记，中尉享年三十岁，夫人二十三岁。距花烛之典未满半载矣。

① 1936年2月26日，陆军皇道派青年将校率领一千五百名军人进攻首相官邸，发动军事政变。三天之后，遭到所谓“无血镇压”。事变后，军部政治统治力量强化。

二

出席武山中尉婚礼的人们自不必说，连那些只看了新郎新娘纪念照片的人，也无不为这对俊男美女赞叹不已。一身戎装的中尉左手军刀拄地，右手拎着脱下的军帽，威严地护持于新娘身后。他那一副凛乎难犯的相貌，浓眉大眼，极好地表现了青年人纯洁无垢的气质。新娘一身洁白的婚纱礼服，美艳无双。柔和的眉毛下闪耀着圆润而明亮的眸子，秀挺的鼻梁，丰盈的嘴唇，艳丽和高贵交相辉映。隐蔽于袖口中的握着扇子的指尖儿，纤纤并拢，宛若一轮花骨朵。

二人自刃之后，人们经常拿出他们的这张照片观看，叹惋无与伦比的俊男美女的结合都通常暗含着一种不祥。事变过后再看，也许是心中多疑吧，站在金屏风前的新郎新娘，那清澈如水的眼眸，似乎一起透视着迫在眉睫的死亡。

两人在介绍人尾关中将的关照下，在四谷青叶町安下新居。说新居，实际上租了一座有个小院子的三间旧屋，鉴于楼下六铺席和四铺席半的两间光线都不好，所以楼上八铺席的一间作了卧室兼客厅。不雇用人，丽子一人守在家里。

因为是非常时期，新婚旅行也免了。两人在这个家里度过了新婚第一夜。上床之前，信二将军刀置于膝前，做了一番军人的训诫：作为军人之妻，应随时想到丈夫的死，这个时间也许是明天，也许是后天。不管何时到来，都不能惊慌失措，做得到吗？丽子站起来打开橱柜的抽斗，取出母亲作为陪嫁送给自己的最珍贵的佩剑，同丈夫一样，默默置于自己膝前。于是双方达成完美的默契，中尉不再考验妻子的觉悟了。

结婚数月之后，丽子的美貌愈益艳冶，犹如雨后明月。

两人都具有一副健康而充满活力的肉体，频繁交欢，夜无虚夕。中尉逢到演习归来，就急不可耐地脱掉沾满尘土的军服。他一归宅，就当场推倒新妻，也不止一两次了。丽子有求必应。自新婚初夜，一月将尽未尽之际，丽子已深知其乐，中尉亦了然于心，更加高兴。

丽子的身子洁白谨严，高耸的乳房素洁而清纯，呈现着强烈排拒的气象。然而，一旦接受对方，就立即满储着深闺的温柔。他们床第之私严肃而又认真，到了十分可怕的程度，即使情急似火、如痴如狂，也绝不忘认真二字。

白天，中尉于训练的间歇里也是时时思念妻子，丽子更是不住想着丈夫的面影。她独自一人待着的时候，也把结婚照掏出来，边看边品味着幸福的滋味。这个数月前还很陌生的路人，如今成为她的整个世界的太阳，丽子对此丝毫也不感到奇怪。

所有这一切，都按道德进行，也符合《教育敕语》中的夫妻相和之训。丽子未从对丈夫顶过嘴，中尉也找不出任何申斥妻子的理由。楼下佛坛上天皇和皇后两陛下的御照和皇太神宫的牌位供在一起。每天早上出勤之前，中尉偕妻子跪在佛坛下边深深垂首而拜。供着的清水每天都要更换，杨桐枝叶始终保持新鲜、光亮。这个世界一切都有严肃的神威加以保护，而且浑身都充溢着振颤的快乐。

三

斋藤内府的官邸虽然很近，但二月二十六日早晨，他们二人都没有听见枪声。只是，十分钟惨剧结束后，落雪早晨微明，响亮的集合号声惊破中尉的睡梦。中尉折身而起，默默地穿上军服，佩戴好妻子拿出的军刀，沿着晨雪中晦暗的道路跑去。他走后，一直到二十八日傍晚都没有回家。

不久，丽子从新闻广播里得知这次突发事件的全部经过。其后的两天，丽子一人生活，安静非常，整日闭门不出。

丈夫雪天早晨一言不发跑出去，丽子从他的面孔上，已经读出了殊死的决心。倘若丈夫一去不返，她也决计循他而去。她静静地收拾着身边的东西。几件访客礼服打算送给学生时代的同学留作纪念，她放在榻榻米上，分别写上名字。平时，丈夫告诫她，莫要有明天的想法，所以丽子也不记日记，也就失去了将数月之间幸福的记述重新认真阅读一遍，然后付之一炬的快乐。收音机旁放着陶瓷做的小狗、小猫、兔子、松鼠和狐狸。还有小水壶和水瓶。这是丽子唯一的收藏品，但这些东西不便当作礼物送人，也不适合放进棺材里。于是，这些小陶瓷动物，看起来更是满含着无家可归的茫然表情。

丽子拿起那只小松鼠端详着，她从自己孩子般情爱的遥远的彼方，仰望着丈夫所体现的太阳般的大义，她欣然作为被辉煌的太阳车即将拉走的赴死之人，在这短暂的时刻里，独自沉浸于这种天真的挚爱之中。但是，自己真正爱着这些东西的时候是在往昔，而今只是对于爱的回忆聊作爱抚罢了。因而，她心中愈加充满剧烈而狂热的幸福……而且，丽子从未将那一旦想起就激动不已的肉体的愉悦称作“快乐”。她那细柔的手指在二月的严寒里，保持着陶瓷小松鼠身上冰冷的触感。即使在这种时候，她一想起中尉伸出强健手臂的一刹那，就立即感受到，穿戴整齐的与绸缎衣裾相同花纹的围兜内，有着可以使冰雪消融的果肉的温润。

浮现于脑子的死一点也不可怕，丈夫如今所感所思，他的悲叹，他的苦恼，他的全部的思考，固守家门的丽子都感同身受，她坚信，丈夫将会带领自己走向愉快的死亡。她的身体完全可以愉快地融入他的任何一块思想的碎片。

于是，丽子每时每刻都在倾听新闻广播，得知丈夫的几位亲友加入了肇事者之中。这就是死讯。她很清楚，一旦事态到了进退两难的地步，迟早要颁布敕令，那些开始自认为为维新而决起的人，都将背上叛乱的恶名。联队那里没有任何联络，积雪的市内，不知何时会起战事。

二十八日傍晚时分，听到急剧的敲门声，丽子不由一阵心惊。她奔到门边，用震颤的手拧开门锁，毛玻璃后头的人影没有言语，她知道一定是丈夫无疑。丽子未从想到这扇拉门的门锁是那样难开，钥匙在手里一点儿也不听使唤，门就是打不开来。

门还没打开，身裹咖啡色外套，穿着沾满泥雪的沉重高筒靴子的中尉便抢先一步早踏了进来，站在水泥地上。中尉关上拉门，又亲手锁上。这究竟意味着什么，丽子心里非常明白。

“您回来啦？”

丽子深深埋下头，中尉没有回答。他卸下军刀，外套刚脱去一半，丽子转到背后帮助他。捧在手中的外套又冷又湿，平时那种太阳照在马粪上的气味没有了，沉重地压在丽子的臂膀上。她把外套挂在衣架上，抱着军刀，跟着脱去长筒靴的丈夫来到客厅。楼下是那间六铺席房子。

明亮的灯光下，她看到丈夫的脸上布满了胡须，憔悴得几乎认不出来了。他面颊深陷，失去了光泽和弹性。平时心情高兴的时候，他一回家就换上便装，催促着吃晚饭。今天却一身戎装，盘腿坐到矮桌前，低头无语。丽子本想问他是否马上吃饭，但还是忍住了。

过了片刻，中尉说道：“我不知道，那些家伙没有邀请我，也许他们看我正在度蜜月吧。加纳，本间，还有山口。”

丽子眼前浮现出丈夫好友的面影，他们是年轻有为的将官，时常到家里来玩。

“也许明日就要颁发敕令了，他们将背上叛军的恶名，我必须指挥部下讨伐他们……我不干，我做不到！”

接着，他又说：“我接到命令，要我交待警备问题。只允许我今晚上回家，明天一早肯定要出发去讨伐那些家伙。我不能干这种事，丽子！”

丽子端坐一旁，低俯着眉。她很清楚，丈夫只是在诉说一个“死”字。中尉心中已经决定了。他的每一句话都被死所证实，为了这个黑暗而顽固的证据，他的言辞显现了无可动摇的力量。中尉虽然在叙述苦恼，但那里已经没有犹豫。

然而，在这段沉默的时间内，有一股融雪后的山溪般清冽的流水。中尉懊恼了两日之久，最后回到自家，面对娇妻美妍的容颜，心中这才获得了慰安。因为，他立即明白，不用开口，妻子早已察知他的言外之意。

“好吧，”中尉抬起眼来，虽然几天未眠，目光依然充满英武的神采，他盯了妻子一眼，“今晚我决定剖腹。”

丽子的眼里没有一点畏惧。

她的圆圆的大眼睛，有一种响亮的铃声般的张力。她说：“我也下了决心，让我同您一道吧。”

中尉几乎被那目光压倒了。言语如同梦呓，不断从口中滔滔流出。他不知道，如此重大的许诺，为什么会表达得这样轻松自如。

“那好，我们一起走吧。但我要你看着我剖腹，好吗？”

这么一说，两人立即像获得解放一样，满心喜悦油然而生。

丽子被丈夫如此真诚的信赖震撼了。对于中尉本人来说，不论发生什么事，都不能阻止他死。为此，必须有一个守望在他身边的人。他选择了妻子，这是第一个信赖。虽然相约共同赴死，并不先把妻子杀掉，而是将妻子的死置于自己无法确定的未来，这是第二个更为重大的信赖。如果中尉是个多疑的丈夫，他就会像普通的情死一样，首先杀死妻子。

中尉听到丽子说出“同您一道”这句话，感到这正是教育的重大成果。从新婚之夜以来，自己一路引导丽子，走到眼下这一步，她才能够毫不迟疑一语道出。这话是对中尉自信的一种慰藉。他不认为这是爱情自发的语言，他不是那种吊儿郎当、骄傲自大的丈夫。

喜悦自然涌上两人的心头，两张对望的面孔露出自然的微笑。丽子感到新婚之夜再次光临。

没有痛苦，没有死亡，眼前展开一片自由而广阔的原野。

“洗澡水烧好了，先洗澡吗？”

“嗯。”

“晚饭呢？”

这实在是家中极为寻常的问话，但中尉仿佛陷入一种错觉。

“晚饭不吃了，给我烫杯酒吧。”

“好的。”

丽子站起身拿出丈夫浴后穿的棉袍，这时，打开的抽斗引起丈夫的注意。中尉站起身走过去，瞅了瞅橱柜的抽斗，整齐的遗物纸包上一一标着名字。中尉看到妻子如此果断的觉悟，没有一丝悲伤，心中充满甘美的情调。宛若一位丈夫看着年轻妻子买来的玩具似的东西，满心爱怜之余，从背后抱住妻子，亲吻着她的颈项。

丽子感觉中尉的髭须扎在颈子上痒痒的，这感觉既然是现世的，对于丽子来说，也就是现实的。这感觉正因为不久即将失去，所以才会无比新鲜。她每一瞬间都获取着活力，从头到脚周身都重新苏醒了。丽子穿着白布袜子的脚趾尖儿憋足力气，接受着背后丈夫的爱抚。

“等洗了澡，喝了酒……好吗？在楼上铺好被子……”

中尉在妻子耳畔吩咐道。丽子默默点了点头。

中尉胡乱脱掉军服，进入浴池。丽子远远听着热水哗啦哗啦哗啦的响声，守着厨房火钵里的火苗，开始准备烫酒。

她把棉袍、衣带和内衣送到浴室，问了问水的温度。她朦胧地看到打坐在弥漫的热气里的中尉正在刮胡子，他那水淋淋的背部健美的肌肉，随着手腕的动作机敏地运动着。

这里没有多少多余的时间了。丽子立即忙碌起来，她做好了饭菜。她的手没有战栗，动作比平时更加麻利，心情也特别好。尽管如此，她也时时觉得一阵阵奇妙的心跳，犹如遥远天边的闪电，欻然一耀，旋即消泯。其余都和平时没有什么两样。

中尉一边坐在浴池里剃须，一边用热水焐着身子。一种无处排遣的苦恼带来的疲劳，完全没有了，他面临死亡，心中只感到充满快乐的期待。他隐隐约约听到妻子做事的响动，于是，两天来忘却的健康的欲望抬头了。

中尉充满自信，两人决死前那种快乐之中，不存在一丝不纯的东西。当时两人虽然没有清楚地意识到这一点，但现在看来，他们那种不再为外人所知的正当的快乐，尽皆受到大义和神威完美无缺的道德的守护。两人四目对视，互相从对方的眼睛里发现了正当的死亡，这时，他们被包裹在任何人都无法打破的铜墙铁壁之中，感到了他人无由触摸的美和正义的铠甲。因而，中尉在自己肉体的欲望和忧国的至情之间，不但没有看出任何矛盾和冲撞，反而觉得两者浑然一体了。

晦暗中溟濛的水汽闪开一道裂缝，中尉将脸孔凑近墙上的镜子，仔仔细细刮着胡须。这张即将成为死者的面孔，不可留下一点儿不雅的剃痕。剃过的面孔再度显现着青春的光辉，连晦暗的镜面也明亮起来。这张明朗而健康的容颜即将和死结缘，说起来实在是一种潇洒。

这张脸就要化为死者的脸！这张脸确实有一半已经不为中尉所有，变成了死难军人纪念碑上的脸。他试着闭上眼睛，一切都包裹于黑暗之中，他已经不再是个能看见东西的人了。

中尉洗罢澡，光亮的面颊上闪耀着青青的剃痕。他在燃烧正旺的火钵一旁坐下来，丽子于繁忙之间，知道中尉动作麻利地刮完了脸。她粉面桃腮，樱唇温润，丝毫没有悲戚的影子。他望着年轻妻子如此刚强的表现，深感她就是自己当初应该选择的妻子。

中尉喝干酒杯，立即递给丽子。滴酒不沾的丽子，顺从地接过酒杯，怯生生地送到嘴边。

“到这边来。”

中尉说道。丽子走到丈夫一旁，身子斜斜地被抱住了。她的心脏剧烈地跳动，悲情与喜悦同烈酒混合在一起了。中尉俯视着妻子的脸，这是自己在这个世界上最后见到的人的脸，一个最后见到的女人的脸。犹如旅人打量着不会再次涉足的土地上旖旎的美景，中尉仔细检点着妻子的脸，这张永远任他怎么看也看不够的姣美的容颜，端丽而不冷峻，阴柔的力量使得嘴唇微微闭合着，中尉忘情地在这张嘴唇上狂吻起来。不一会儿他发现，虽然脸面并未因唏嘘而变得歪斜丑陋，但紧闭的修长的眼睫毛渐渐溢出一滴滴泪水，顺着眼角亮晶晶地涌流出来。

不久，中尉催促妻子到楼上卧室去，妻子说，洗完澡就去。他一个人登上二楼，走进被煤气炉烤得暖融融的房间，在被子上躺成个“大”字。就这样，他一直等着妻子到来。这和过去没有什么不同。

他将两手枕在脑后，朦胧地凝望着台灯光线照不到的昏暗的天棚。眼下，他等待的是死亡？是病狂般感觉的喜悦？他感到一切都在那里重合着，宛如肉欲正面临着死亡。不管怎样，中尉都未曾像现在这样浑身感到自由起来。

窗外传来汽车的声音，车轮压着道路一旁的积雪，发出刺刺的响声，震动着附近的墙壁……听到这种声音，他感到在频繁往来的社会的海洋中，这里就像一座孤岛屹立不动。自己忧虑的国家，依旧在这个家庭四周杂然而广泛地扩展开去。自己就要为它献身了。然而，自己不惜毁灭自身所谏诤的这个巨大的国家，果真会对自己的死回首一顾吗？这个且不管了。这里不是华美的战场，是个对谁也不夸示功勋的战场。这里只是灵魂的最前线。

传来丽子上楼的足音，古老而陡峭的楼板总是发出咯吱咯吱的响声。这响声令人怀念，中尉每每在被窝里等待着，倾听着这种甘美的响声。一想到再也不能听到这种声音了，他便集中听力，极力使宝贵时间中的一分一秒，都充满着这种咯吱咯吱的柔软的脚步声。这是时间灿烂的光辉，像宝石一样珍贵。

丽子在浴衣外面系上宽腰带，殷红的带子在微明的光线里变得暗淡了。中尉伸过手去，随着丽子的手的协助，腰带飘摇着滑落到铺席上。浴衣尚未脱下，中尉就把两手伸向妻子的两胁，要将她抱起来。中尉的手指被腋窝里温软的肌肉夹住了，这时，指尖儿上的感触使得全身顿时燃烧起来。

两人在明亮的炉火前边，不知何时，十分自然地裸露着身子。

嘴里用不着说话，心灵、身体，还有躁动的胸怀，都为这场最后的经营全力以赴，热血奔涌。这“最后的经营”一行字，似乎用无形的墨水，无所不至地写在两人的身体上了。

中尉紧紧抱住年轻的妻子狂吻起来，两人的舌尖儿互相在对方温热的口腔里肆意搅动。尚未出现任何征兆的死之痛苦，宛如灼热的铁块，已经将感觉锻炼得通体火红。还没有感触到的死之痛苦，这个遥远的“死之痛苦”，精心打造着他们的快感。

“这是最后看到你的身子了，且让我仔细瞧瞧吧。”

中尉说道。他把台灯罩子向后倾斜，迷离的灯光照耀着丽子横卧着的身体。

丽子闭目躺着，低俯的光影清晰地映衬着那浑身呈现着曲线美的严谨而白嫩的肌肉。中尉基于一种利己的心情庆幸，自己不用看到这美丽的肉体毁灭的情景。中尉将这难忘的风景慢慢刻印在心版上。他一手撩拨着她的秀发，一手静静抚摸着那张美丽的脸孔，目之所及之处，逐一亲吻着。富士山形状的冷艳的前额下面，一对淡淡的眉毛下，长长的睫毛掩护着紧闭的双眼，形状姣好的鼻梁，厚薄适度的端庄的樱唇，微微闪露着光洁的牙齿。柔嫩的双颊和伶俐的娇小的下巴颏儿……这一切实际上都令人联想到一副明朗的死的容颜。中尉对丽子不久即将亲手刺入的雪白的咽喉，连连狂吸几口，那里有些发红了。他又回到她的唇际，轻轻压抑着，使自己的嘴唇在妻子的嘴唇上，好似轻舟荡漾于春波之上，摇来晃去。他闭上眼睛，世界忽而变成一只摇篮。

中尉眼睛所到之处，嘴唇也忠实地跟踪而至。那高耸的鲜活的乳房，有着一对山樱花蕾一般的乳头，中尉用双唇将其紧紧含在嘴里。从胸部两胁蜿蜒而下的圆浑的臂膀，微显丰腴的肌肉，流畅地延及至手腕，形态巧致，前面连着曾于婚宴上握着扇子的纤纤素指。那一根根纤指贴近中尉的唇边，羞怯地隐匿于各自的阴影里……自胸至腹自然天成的弧线，柔和地满储着弹力，从那里扩展到腰际，随即预兆着丰富的曲线，显示着没有一丝松弛的肉体的纯正节律。远离光影的细嫩而丰腴的腰腹，宛若一只大瓮贮满了奶水，清晰、凹陷的肚脐，犹如一粒雨滴强烈穿过留下新鲜的印痕。阴影次第浓密聚集的部分，柔软的体毛敏感地蓬蓬而立，醉人的香花般浓烈的焦炙的气味儿，伴随着身子永无休止的摆动，缓缓向周围弥散开去。

丽子颤声说："我也看看……最后也让我好好瞧瞧您吧。"

如此强烈的正当的要求，以前从未由妻子口中说出过。听起来不禁使人感到，一切坚持到最后的审慎的隐秘都迸发出来了。中尉顺从地把身体托付给妻子。丽子洁白的肉体一直不停地摇荡着，这时她轻柔地坐起身来，满含温情，一心想把丈夫赋予自己的爱意回报给丈夫。她伸出两根白嫩的指头，将一直凝视着她的中尉的眼睛，流水般顺手抚摸一下，中尉闭上了眼睛。

丽子的眼睑和面颊泛起红潮，她情不自禁地将中尉留着短发的头颅紧紧抱在怀里。短短的头发刺疼了乳房，丈夫高耸的鼻梁凉冰冰深埋进乳沟，一股股温热的呼气吹拂在乳房上。她稍稍离开身子，凝望着那张英气勃勃的脸膛。凛凛的剑眉、紧闭的双眼、清秀的鼻梁、光洁、紧凑而俊美的嘴唇……留有青青剃痕的面颊，映着灯光，发出莹润的光亮。丽子顺着粗大的脖颈、强劲的肩头、宛如两块盾牌似的胸脯以及赤褐色的乳头，一一热吻着。附着于胸肌的健美的两胁落下浓黑阴影的腋窝，繁密的腋毛萦聚着暗郁的体臭。这甘美的体臭含蕴着一种青年之死的实感。中尉的肌肤具有麦田般的光辉，每一块肌肉都露骨地凸现着清晰的轮廓，腹部的筋脉一致绞结着缜密的脐窝。丽子望着丈夫充满活力的紧束的腹部，一想到那被森森体毛覆盖着的谦虚的腹部，不久就会被残酷地剖开，怜爱之余，不禁俯伏在上面哭着，吻着。

躺卧的中尉感受到妻子的泪水扑簌扑簌滴落在自己的肚子上，更加增强了勇气，不管切腹带来多大剧痛，他都能坚忍。

不言而喻，两人经历这样一个过程，饱尝着多么至高无上的欢愉啊！体魄雄健的中尉站起身来，将沉浸于悲伤和眼泪中的妻子紧紧抱在怀里。两人的左右面颊疯狂地交互磨合在一起。丽子的身子震颤着，两人汗水淋漓的胸脯紧紧粘贴，再也不能分开。两个鲜活、亮丽的肉体，丝丝扣扣化为一体了。丽子喊叫着，她从高处降掉到奈落，又由奈落获得羽翼，展翅飞向高渺的云天。中尉犹如长驱直入的联队旗手，他不住地喘息着……一轮过后，即刻又情意满怀，不能自已。于是两人再度相携，缠绵其中，不知倦怠，一鼓作气，共同攀登爱之顶峰。

四

过了些时辰，中尉抽离了身子，不是因为疲倦，首先，他担心这样下去会抹杀切腹所必需的强大的力量；其次，害怕过于贪婪，将会减损那最后的甘美的回忆。

中尉果断地脱开身子后，丽子像往常一样，服服帖帖地顺从了他。两人光裸着身子仰卧着，手指互相扣合在一起，凝神注视着灰暗的天棚。汗气一时消退了，炉火燃烧得正旺，一点也不觉得寒冷。这一带夜晚很静，汽车声也断绝了。四谷车站附近的国营电车和市营电车的轰鸣，被赤坂离宫面对宽阔大马路的公园的森林遮挡了，只在护城河内侧回荡，传不到这里来。就在东京的这一区域内，眼下，分裂成两派的皇军相持不下，局势十分紧迫，实令人难以理解。

两人一边感受着体内火炽的情爱，再一次回想着刚刚饱尝过的无上的快乐。细细品味着那一瞬一瞬永无止境的热吻，肌肤的触摸，一出一出令人飘飘欲仙的快感。然而，灰暗的天棚上，死神正在窥视着他们。那喜悦是最终的一幕，再也不会重返到自己身上了。不过，再一想想，今后不论活得多么长久，那种无上的欢乐都永远不会再度出现。这是确定无疑的，他俩都是这个想法。

互相扣合在一起的手指尖儿的感触，不久也消失了。刚刚凝视着的灰暗天棚上的木纹，也随即消隐了。死，已经逼近身边了。不能再抛费时间了，必须鼓起勇气，主动出击，一手抓住死亡，绝不松懈。

“好啦，着手准备吧。”

中尉吩咐着，他是用决绝的口气说这话的，然而，丽子至今从未听到过丈夫这种温存的声音。

一旦站立起来，等着他们的是繁忙的工作。

中尉从来没有收拾过床铺。如今他快活地打开橱门，亲手把被褥叠放进去。

熄灭火炉，收起台灯。中尉不在家时，丽子已经整理好了房间，打扫得干干净净。除了移到一角的紫檀木桌子，八铺席的房间，同接待贵宾前的客厅的摆设没什么两样。

“在这里经常同加纳、本间、山口等人一道喝酒呢。”

“可不是嘛，他们经常到这里来。”

“同那帮家伙很快在阴间会面，要是看到也领着你去了，他们一定会取笑我吧？”

下楼时，中尉再次回头望了望这座灯火明丽的清净的房子。眼前又浮现出那些年轻将校的面影，他们在这里吃喝、喧闹，天南海北，畅所欲言。那时候，做梦都没想到自己将在这座房子里剖腹自杀。

楼下两座房间，夫妻二人流水一般各自淡淡地拾掇起来。中尉出外净手时顺便到浴室里洗澡洁身，其间，丽子叠好丈夫的棉袍，连同整套军服以及白布内裤，一起送进浴室，然后，将写遗书用的白绵纸铺在矮桌上，揭开砚台盒盖子，磨好墨等着。遗书的句子早已想好了。

丽子的指尖儿按在黑墨冰凉的金箔上，砚海里忽地如黑云上涌，水雾迷濛。她反复地研着墨，手指的压力，一圈又一圈微微的声响，她已经不再考虑，这一切都是为了死。死在逐渐靠近自己以前，这些都不过是平淡地一刻一刻消磨时间的家常活儿。但是，随着研磨墨变得越来越滑润起来，墨的触感和醇厚的芳香，含蕴着难以表达的幽暗。

中尉光裸的肌体上已经穿上整齐的军装，他从浴室里出来，默默坐在矮桌前，提起笔面对着纸略为迟疑了一下。

丽子捧着白棉布套装走进浴室。她洗净身子，简单地化了妆，以洁白无垢的身姿走进餐厅。这时，她看到灯下的绵纸上墨迹淋漓，遗书上只写了这样一行字：

皇军万岁　陆军步兵中尉武山信二

丽子坐在对面，她在写遗书时，中尉神情严肃，默默注视着执笔的妻子素洁的手指那端正的动作。

中尉身挎军刀，丽子洁白的腰带上插着佩剑，他们捧着遗嘱走到佛龛前边，并排站着默默祈祷一番之后，将楼下的电灯全部熄灭。两人登上楼梯的中途，中尉惊奇地回头望了望黑暗中低着眉跟在身后的妻子一身素洁的倩影。

遗书并列放置在楼上的壁龛里，本该撤掉挂轴的，但那是媒人尾关中将书写的“至诚”二字，还是原样保留，即便飞溅上血滴，中将也会谅解的。

中尉背靠房柱正襟危坐，军刀横卧在膝前。

丽子端坐在相隔一铺席的地方，她全身素白，只有略施薄红的嘴唇，显得妍丽无比。

二人隔着一铺席的距离，互相凝视着对方。丽子看到中尉膝前的军刀，回想起结婚第一个夜晚的情景，不禁悲从中来。中尉压低嗓门说道："因为没有介错[①]，我打算深深地刺入。你看了也许会惨不忍睹，不过不要害怕，不论什么死法，旁观者总是难以忍受的，你可要强打精神，切勿气馁。听到了吗？"

"我明白。"

丽子深深点点头。

看到一身素雅、风情万种的妻子，面对死亡的中尉，随之陶醉于一种奇妙的情感之中。自己即将着手所做的一切，是妻子未曾目睹的一个军人奉公的行为。这是和战死疆场同等性质的死，必须具有战场上决一死战的觉悟。眼下就是要让妻子看一看自己战场上的英姿。

这种想法将中尉引入一时的奇妙的幻想之中。战场上孤独的死和眼前娇媚的妻子，这两种互不相干、完全独立的存在，一起出现在他的眼前。眼下，自己决心赴死的感觉中，有着一种难以形容的甘美情调，这不正是一种无上的幸福吗？美目流盼的妻子亲眼守望着自己的死，这就像沐浴着芬芳的微风从容赴死。在这里，一种东西获得了宽宥，虽然不知道是什么东西，但一种不为他人所知晓的境地，一种不容许任何人涉足的境地，自己获得了进入的权利。他

---

① 从旁执刀为切腹自杀者砍去头颅的人。

从眼前新娘子一般素洁无瑕的娇妻的姿影里，仿佛看到了自己所挚爱并为之献身的皇室、国家、军旗，以及一切五彩缤纷的幻影。所有这些都和妻子一样，不管从哪里，不管从多么遥远的地方，都在目光炯炯地注视着自己。

丽子也是如此，她望着即将赴死的丈夫的身姿，心想，这个世界再没有如此完美的形象了。中尉一身合体的军装、凛凛的剑眉，还有那紧紧闭合的嘴唇，面临着死亡，抑或都表现出一种崇高的男性之美吧。

“好，开始啦。”

中尉终于开口了。丽子伏在榻榻米上深深地行礼，再也扬不起头来了。她尽管不想让眼泪破坏了淡妆，但还是禁不住热泪盈眶。

她好容易抬起头来的时候，透过迷离的泪光，看见拔出的军刀已经闪出五六寸长的刀尖儿，丈夫正向刀身上缠着白布。

卷好的军刀放在膝前，中尉岔开两膝盘腿坐正，解开军服的扣子。他的眼睛不再对着妻子。他慢慢逐一解着扁平的黄铜纽扣，露出浅黑的胸脯，接着露出了腹部。他随后又解开皮带头和裤子的纽扣，露出雪白的内裤。中尉又进一步放松腹部，双手退下内裤，右手握起缠着白布的军刀刀把，低眉看看自己的腹部，左手揉了揉下腹。

中尉担心刀刃不够锋利，他稍稍露出大腿，刀刃往上面轻轻一划，伤口立即渗出鲜血，几缕细细的血流，映着明亮的灯光，闪耀着丝丝红艳，流向腹股沟。

丽子乍一看到丈夫的鲜血，吓得心中忐忑不安。她瞧着丈夫的脸，中尉坦然地注视着鲜血。丽子看到丈夫暂时还算平静，自己也姑且放下心来。

这时，中尉用老鹰一样的目光峻厉地凝视着妻子。他把军刀转到面前，直起腰杆，上半身几乎顶住了刀尖儿，他已经浑身憋足了力气，这从那军服高耸的肩头一眼可以看得出来。中尉集中全力，决心深入地刺向左腹，尖厉的运气声穿透了沉默的房间。

尽管中尉自己在加力，但却感到好像被人用粗大的铁棍痛打着胁腹，瞬间，他头脑昏昏，不知道发生了什么事。露出的五六寸长的刀锋已经实实在在埋进肉里，手里握着的白布直接连着肚皮。

他恢复了意识。中尉想，刀尖儿确实穿透了腹膜。他感到呼吸困难，胸中怦怦直跳，自己的体内，不，是在很远很远的地层深部，天塌地陷，炽热的熔岩流溢出来，这时，他才感到一阵可怖的剧痛。这种剧痛以一种惊人的速度迅速接近了，中尉不由地呻吟起来，他紧咬着下唇忍耐着。

中尉想，这就是所谓"切腹"吧？这种感觉就像是天掉落在头上，世界摇摆不定，变得一塌糊涂。切腹之前自己那种坚定不移的意志和勇气，如今变得细如一根铁丝，自己不得不攀着这根铁丝一直走下去。他一直被这种不安所袭击。这时，他觉得拳头滑腻腻的，定睛一看，白布和手都沾满了鲜血，白色的内裤染成暗红色。使他感到奇怪的是，处于如此剧烈的痛苦之中，可见的东西依然可见，存在的东西照样存在。

当中尉将军刀刺进左侧胁腹的一瞬间，丽子看到那张面孔忽地像降下帷幕，完全失去了血色，她想跑过去，又极力忍住了。她必须看下去，一直看到最后，这是丈夫交给丽子的一项任务。隔着一铺席的距离，丽子鲜明地看到了丈夫那张咬着嘴唇、忍受剧痛的面孔。那种痛苦没有漏掉一分一秒，准确无误地出现在她眼前。丽子没有办法救他。

丈夫的额头渗出亮晶晶的汗水。中尉双目紧闭，又试着睁开眼来。那双眼睛已经失去平时的光辉，就像小动物的眼睛一样，天真而茫然。

痛苦就在丽子眼前，这和她撕心裂肺的悲叹毫无关联，它像一轮太阳辉耀于夏日的天空。丽子感到那痛苦不断增加高度，越来越长，丈夫完全成了另一个世界的人了，他的全部存在都还原为痛苦，丈夫已经成为伸手不可及的痛苦铁槛中的一名囚犯了。而且，丽子并不痛苦。悲叹不是痛苦。想到这里，丽子觉得自己和丈夫之间，已经建起了一道无情的高高的玻璃墙。

婚后，丈夫的存在就是自己的存在，丈夫的一呼一吸，就是自己的一呼一吸。然而，如今丈夫明明身处痛苦之中，但丽子的悲叹里却抓不到任何一个自己存在的确证。

中尉右手握着军刀在肚子里来回搅动，刀尖儿挂住了肠子，这样一用力，刀身就被一股柔软的弹力推了出来。他明白，必须用两只手一边向腹部深处使劲向下按，一边左右搅动。刀子可以转动了，就是不能任意切割，中尉使出浑身力气，再用右手推压，军刀切开了三四寸宽的口子。

痛苦在腹腔深处徐徐扩散，整个肚子似乎都在鸣响，犹如胡乱敲打的大钟。自己每一回呼吸和每一次心跳，痛苦就像千钟齐鸣，震撼着他的存在。中尉已经忍不住呻吟了，然而仔细一看，刀锋已经在脐下划开了口子，这使他既感到很满意，又增添了勇气。

血随着脉搏的跳动从伤口次第涌流出来，面前的铺席溅满了鲜血，一片殷红。咖啡色裤子的襞褶里积存的血，也淌到铺席上了。

终于，一滴鲜血像一只小鸟，从远方飞向丽子洁白无垢的膝头。

中尉好容易割到右侧胁腹，这时，刀刃稍稍浅了些，刀身随着膏血滑脱出来。突然一阵呕吐袭来，中尉干渴的嗓门叫了一声。呕吐又更加搅拌起剧痛，一直紧绷着的肚子急速地起伏着，伤口大大地胀裂开来，仿佛用力吐泻一般，肠子一下子弹射出来了。肠子哪里知道主人的痛苦，依然健康地、不知好歹地满含着活力，喜滋滋地涌流出来，堆满了股间。中尉低着头，双肩因喘息而抖动。他微微睁开眼皮，嘴里垂下一丝丝口涎。肩头上的肩章金光闪闪。

血四处流散，中尉的身子泡在自己的血泊中，一直浸染到膝头。他一只胳膊支撑着，龟缩着身子，瘫坐在那里。一股刺鼻的血腥气，弥漫着整个房间。他俯着身子反复呕吐的动作，从两肩上明显地表现出来了。军刀像是被肠子推出来，从刀身到刀尖儿全都露在了外边。中尉依然将它握在右手里。

这时，中尉猝然用力将身子向后一仰，可以说这动作显得无比壮烈。因为用力过猛，后脑撞在房柱上，“咣当”一声脆响。丽子一直低着头，凝神注视着涌到自己膝边的血流，听到响声，她抬起了头。

中尉的脸已经不像是活人的脸了，眼窝深陷，肌肉干瘪，原来颇为鲜洁的双颊和嘴唇，变成了干涸的土黄色。只有紧握刀把的沉重的右手，像提线木偶似的摇摆不定。他企图将刀尖对准自己的咽喉。就这样，丽子看到了丈夫临终前各种最为惨烈而空虚的努力。粘连着膏血的光亮的刀锋，好几次瞄准了咽喉，又都滑脱了。他已经没有多少力气了。刀尖划到了领子上，撞击着领章。领口本来松开了，可是军服坚挺的领子紧紧护围着脖颈，不使刀尖儿戳到咽喉。

丽子再也看不下去，她想靠近丈夫身边，但是站不起身子。她只得在血泊里一点点膝行过去，洁白的衣裾全都染红了。她转到丈夫背后，只是帮助他松了松领子。于是，震颤的刀尖终于触到了完全外露的咽喉。此时的丽子感到好像是自己把丈夫推了过去，实际上并非如此，这是中尉主动做出的最后的努力。他猛然纵身扑向刀尖，刀刃穿透了他的脖子，大量的鲜血飞溅出来，与此同时，灯光之下，寒光凛凛的刀锋静静地竖立在那儿。

五

丽子穿着沾满滑腻腻鲜血的白布袜子慢慢走下楼梯，楼上已经悄无声息了。

扭亮楼下的电灯，查看一下火源和煤气总开关，用水浇灭了火钵里的余烬，然后来到四铺席半房子的镜子前边，拉开罩在上面的帷幕。鲜血溅满洁白的裙裾，肆无忌惮显示出华丽的花纹。丽子对镜而坐，由于两腿被丈夫的血濡湿了，冷冰冰的，她浑身颤抖起来。接着是长久的化妆，颇费了些工夫。面颊涂上浓重的胭脂，嘴唇也化得很浓。这已经不是为丈夫而化妆了，是在为身后的世界而化妆，手中的刷子含蕴着重大的意义。她站起身来时，镜子前边的榻榻米上已满是血迹。丽子毫不介意。

然后去净手，最后站在门内水泥地上，这里上了锁，是丈夫昨晚为死事先做好的准备。她暂时沉浸在单纯的思考中。到底该不该用钥匙打开来呢？要是上了锁，附近的邻居很可能几天都不会发现他们两人死亡。丽子很不情愿，自己的遗体腐烂之后再被人发现。还是打开为好……她开了锁，将毛玻璃门稍稍拉开一道缝儿……寒风随即钻进来。深夜的道路阒无人声，对面住宅内的树林之间，闪耀着冰冷的星光。

丽子放着门不管，随即登上楼梯。她走来走去，布袜子已经不感到滑腻了。到了楼梯中央，早已闻到一股刺鼻的腥臭。

中尉俯伏于血海之中。穿过颈项而站立的刀尖，看上去比起刚才更加秀挺。

丽子沉静地走在血泊里，接着坐到中尉的尸体旁边，呆然望着他伏在榻榻米上的侧影。中尉像鬼神附身似的圆睁着双眼，她用袖子抱起他的头颅，又用袖子揩揩唇边的血迹，最后吻别了他。

接着，她站起来，从抽屉里拿出崭新的白毛毯和腰间系的绸带子。她把毛毯裹在腰间，再用绸带扎紧，以免散开来。

丽子坐在离中尉尸体一尺远的地方，她从腰带里拔出佩剑，凝视着明净的刀刃，用舌头舔了舔，锋利的钢刃微微带着些甜味。

丽子没有迟疑，隔断自己和刚刚死去的丈夫的痛苦，即将变成她自己的痛苦。一想到这里，她就感到，自己马上就能进入已经属于丈夫的世界了，她有的只是满心的喜悦。丈夫痛苦的容颜上，当初那种不可理解的东西，这回自己即将揭开谜底。丈夫信仰的大义真正的苦涩和甘甜，眼下自己也可以品味到了。过去通过丈夫勉强体验到的滋味，如今将会实实在在地用自己的舌头加以品尝。

丽子用刀尖儿对准自己的咽喉，刺了一下，很浅。她的头脑一阵灼热，手也不听使唤了。她横着刀刃用力切割，嘴里涌出一股温热的东西，眼前被飞溅而出的血的幻象涂抹得一派鲜红。她由此获得了力量，竖起刀尖朝着咽喉深部用力刺去。

一九六〇年十月十六日

月　　亮

一

“这帮子讨厌鬼，土包子！我们三个到教堂喝酒去，解解闷儿。”

海米那说。

“去慢慢享受一番吧。”

纪子说。

“要买些蜡烛带着。”

彼得说。

三人走出现代爵士乐店，在过了深夜十二点依然开门的香烟店，买了十支蜡烛，每支二十日元。海米那早已买了罐装啤酒和可口可乐，盛在一个大纸袋里提着，纪子则在牛仔裤屁股兜里塞着半导体收音机。

三人都在一个劲儿诉苦，又都嘻嘻哈哈地大笑。彼得今早梦见绦虫穿着西装走路，肯定是胃部不适。

海米那看上去总是半睡半醒的，说话的语调慢慢腾腾，就像在黑暗之中摸索着前行。他的真名谁也不知道，只因为他将六片安眠药海米那就着啤酒扔进嘴里，大家就开始这样称呼他了。

纪子每周末都去跳摇摆舞，一直跳到天亮。平时，她就像发疟疾，每晚都迷迷糊糊的。这位瘦弱的姑娘，哪来的精力一连跳上十个小时的舞呢？真是不可思议。

他们三人说朋友也是朋友，说不是也不是。纪子同海米那以及彼得各睡过一次，但那不过是挠挠痒痒，逢场作戏罢了。

海米那二十二岁，纪子十九岁，彼得十八岁，但三个人都以为自己是上年纪的老人了。

他们对于白天过去是黑夜、所有百日红的花朵都是红色的等理论很反感，认为是俗人所建立的理论，也是俗人信奉的理论。

安眠药所起的作用就是叫人说出“那家伙已经彻底完蛋啦”，在那种感觉中，这个坚硬的世界也会融化。

好好相处，不知道什么和什么好好相处，恐怕不是人和人吧……

“你的手提包，是塑料的吧？”

“说些什么呀，据说最近非洲到处都是塑料鳄鱼。”

有人这样说。是的，塑料鳄鱼确实很多，它们的生活状态，就是合成树脂冰冷、野蛮、麻木的生存状态。尽管如此，人类害怕它们。

“有钱吗？”

“有啊。”

纪子应道。纪子是有钱人家的闺女，经常能拿到好多零用钱。

“我刚才又借给比尔了。”

“借出去了？反正不过十五日元或二十日元？比尔最多借过

一百日元。他是一位很小气的黑人孩子。”

比尔是他们常去的那家店里的黑人常客，他虽然是住在军营里的军属，但平时生活相当贫苦。比尔脑袋空空，这并非指他那剪得很短的蜷曲的头发稀少，而是脑子内部空空如也。上级命令他转到日本工作，他搞错了，乘上开往西德的飞机一气飞到了法兰克福。那张机票钱自那以后从他工资中扣除，弄得他囊空如洗，到处向大伙儿借钱。

但是，比尔和其他黑人（比之那些可厌的满身文人气的白人），无论对于商店还是顾客来说，都是不可缺少的存在。夜阑人静，录音机里的现代爵士乐震荡着整个商店，此时绝对不可没有这些黑人在场，他们黑夜般的肌肤、夜行兽似的眼睛、反包的紫红的嘴唇、桃色的手掌还有那噎人的体臭，这些一概都不能缺少。只有黑人，才能造就一个生鲜光亮的夜晚。只有黑人，才能为黑夜嵌上恐怖和濡湿的干草的气味、生硬的狂傲以及地地道道的丑恶。

海米那、纪子和彼得，都是在这家店里认识的。自从在这个店里听到埃拉·菲茨杰拉德的《温柔浅唱》[①]时候起，他们就开始了行方不定的旅行。

他们有时十几个人结成一伙，突然冲入熟悉的电视制作人外出后的住宅，翻越窗户，杂然躺在八铺席的房间里。夜间一点，制作人工作结束后，强打精神领着几个麻将牌友回家时，打开电灯一看，自己的屋子睡满了人，不由吓了一跳。他用脚踢开躺着的人，想挤出个打麻将的空地，但没有一个人醒来。原来大家都一起吃了安眠药了。

---

① Ella Fizgeraid（1917–1996），美国爵士歌手，发行过专辑 *Songs in Mellow Mood*。

他们就是这样继续旅行。他们在都市这种充满瘴疠气的特异的环境、爱伦·坡的所谓“煤气灯照耀下的巨大的野蛮环境”里游荡，穿着用浮石和棕榈刷子打磨、刷洗干净的牛仔裤。他们睁着梦幻的双眼，但全然不做梦，虽然饥渴难耐，但却脑满肠肥。

——彼得在这种旅行之中力求保持自己的少年时代。他绝不想变成大人。他喜欢把自己想象成七十七岁的少年，富有“喜”字吉祥意味[1]的少年！一个衰老的、一只脚插进棺材的少年。

他看厌了白天大街上的杂沓与污秽，喜欢那种银行和百货商店关闭铁窗、耸峙着黑魆魆钢筋混凝土巨块的暗夜里的街景。只有值班室点着电灯的古老的大楼里，肯定有几只老鼠吧？那里有老鼠的生活，总之，那里无疑有着另外一种生活。那种生活，装点着不安和恐怖、无休止的遁逃，以及使得它们浑身痉挛的美味的食饵。

彼得觉得他已经看透了人和人生。这个世界没有任何值得惊奇的事情。那么，为什么没有心灵的安宁呢？为什么没有和年老的老鼠心里那种同样的安宁呢？自己每日吐出一脸盆感情的鲜血，但还是没有死成，对这一点，他已经不觉得奇怪了，一旦稍有恢复，就又拎着几件满是汗渍的衬衫去参加聚会，彻夜跳摇摆舞。当他一个人时，就会被漆黑的忧郁所侵袭，宛如突然被人揪住领口一般。尽管这个世界没有任何值得惊奇的地方！

扁平的真正平稳的都市，它的下边蹲踞着无数真正平稳的人的集团。朝阳总是从那边升起……彼得困惑了，他诘问自己，为什么

---

① 因“喜”的草书看上去像是由“七”和“十七”组成的，故将“七十七岁”称作“喜寿”。

自己生得像个立方体的金平糖[1]呢？啊，想死啊，真想死啊！怀抱一笔巨大遗产，浑身沾满流淌的粪尿而死去。什么青年英雄之死，见鬼去吧，那个不适合自己。他有的是空闲时间，他仔细修剪指甲，认真磨光，涂上透明的指甲油。他有一双白净、俊美的手。Gaudeant bene nati！（活在幸福中的人，欢呼吧）这是在那店里见到的一位硕学之士教给他的。这句拉丁语格言，是多么寻常，又是多么可怕！……无论如何，他有一双白净、俊美的手。他要是女人，就会被人称作“长着一双纤腕的伊索尔德[2]”。然而，一旦推压皮肤，就会露出男人们夜空般蓝色的静脉，起伏不停。彼得一凝视着自己的手，就感到满心的烦恼。

——彼得扬起攥着五支蜡烛的手，跑到车道上，叫住一辆出租车。为生活操劳而面色憔悴的司机，毫无表情地打开自动门。

纪子坐在两个男人之间。

“我们到教堂去，应该是在第几个路灯附近呢？”

---

① 一种以砂糖水为原料做成的、表面分布着凹凸状突起的球形日式糖果。

② Isolde，中世纪恋爱故事《特里斯坦与伊索尔德》的女主人公。

二

那座教堂面临青山电车线路，为了在原址建设一座大煞风景的大楼，不久将被拆毁。大榥建筑公司已经在教堂一隅搭建了简易房，让管理人全家都住在里面。夜深了，他们也都入睡了。

建筑公司让那么一个健全的管理人住在这里实在是失策。他们不知道，这座已经成为废墟的建筑，过去一直保持着反世俗和不健全的倾向。哪怕是举行过一次深夜弥撒的建筑，变成废墟后，也不会忘记那样的恶俗。

这座哥特式教堂，依然保持着坚固的外观，面对电车线的拱形雕花窗上镶嵌了玻璃，扶壁上布满了青青的茑萝，透过车窗一眼望去，谁也不会想到那是一座无人居住的伽蓝。

不知从何时起，年轻人发现了这里，并用作夜间聚集的场地。如果有人半夜从这一带经过，看见废墟的窗户时不时有灯火闪烁，一定会感到毛骨悚然。

第一个在这里举办舞会的是海米那。发现这个地方的是彼得，他当时想把这里作一个只属于朋友之间的小小的秘密之城。海米那得知后不同意他的想法，并立即将这里介绍给三十多个舞伴。他总是利用多数人获利。对于他来说，民众、社会都需要，至少要有一个服从自己意志的集团。他把自己开始吃的安眠药，已经推荐给二三百个人了，他为此而感到自豪。

但是，海米那自己绝不跳摇摆舞。他背靠着墙壁，两手抱着肩膀，夜间也不把那副墨镜摘掉。他透过藏在后面的笑眼，凝视着跳舞的人们。他需要集团及其无目的的行动。他在绝望中睡眠，而大家在绝望中跳舞。即便同样绝望，舞蹈是机械性的……而海米那是动力。

“在神户那里。”纪子在车里说开了。纪子并不怎么知道日本地图，以为神户和长崎在同一个县。“一位拥有一座玫瑰园的太太，这个人，你猜怎么着，靠吃玫瑰而活着。有客来访，她自己总要先大口吃上两三瓣玫瑰花给人家看。还说什么‘刚开始吃玫瑰的人，还是浇上佐料更加合口’。说罢，便呼啦啦倒上佐料，调制成色拉招待客人。玫瑰色拉，亏她想得出来。”

“和毛毛虫一起吃，更比特[①]。”

彼得说。

“你能吃毛毛虫吗？”

“比特猴是吃的，那家伙什么都吃。”

三人想起一个常到店里去的穿着黑色服装的小个子青年，黑衬衫，黑裤子，戴着墨镜，老是爱跳上店中的凸窗，攀登柱子。他有一种特技，能用嘴接住朋友们投掷过来的花生米，所以大家管他叫比特猴。比特猴一言不发，只是时时露一下白牙，无声地笑着。

---

① 指 beat generation，垮掉的一代。

——出租车到达教堂门前，车费由纪子支付。

三人踏上人影寥落的人行道，悄悄走近教堂大门。车道上的车子倒比白天更多。

通往教堂大门的两三级石阶，长满了苔藓，石头缝里杂草丛生。身段轻捷的彼得走在前头，摇晃着遮在大门上的用钉子钉的木板，板下方的钉子松了，听起来稀里哗啦的。

他做了个手势，随即伏身钻进去，从中将板门掀起，让后面两人也轻而易举地钻了进去。

三个人站在白壁环绕的休息室。有月亮的晚上，月光能充分地从宽阔的窗户里照射进来。今夜，周围的白墙一片模糊，仿佛四周都逐渐收缩于那片险峻的白色之中了。纪子绊在一只可口可乐的空罐上。

“还是地下室好啊。”

海米那喃喃地说。通往地下室倒是有一段狭窄的后楼梯，但还是先到庭院里看看为好。

三人来到覆盖着杂草和瓦砾的庭院，同主楼垂直相接的侧楼其实是大礼拜堂，面对庭院巍然耸立，高高镶嵌着一排拱形雕花窗，可望而不可即，那上面的玻璃全都碎了。

因为大礼拜堂直接面临电车线上的人行道，大家一时不敢走进去。但是，他们还是喜欢于夜空之下，站在后院眺望这座建筑倾颓的、壮大的姿影。

入梅前的天空锁在浓密的云层之中，大礼拜堂的拱柱看上去险些将那些云彩推升起来了。

"看呀！看呀！"

海米那远远指着礼拜堂内部喊道。

在那晦暗的广大空间里，他们看到雪白的羽翼展开来，一掠而过。

黑夜里空荡荡的礼拜堂，似乎有天使们交相飞翔。一双双翅膀次第显露出来，展现在天棚之上，停滞于碎玻璃窗凹凸不平的窗棂上，消失了。

这是他们亲眼所见的神秘现象，一种虚假的浮薄的观念，使得他们颓废的难以言状的枯燥无味的世界，不时闪射着一道光芒。假如倾听埃拉·菲茨杰拉德的歌声，所品味到的战栗与此同类，那么，海米那借助安眠药的力量试图赋予这个世界的瞬间的美，也是与此同类。

然而，这又为何是神圣的呢？神圣本是坚固的物质，不属于他们飘荡的世界，它是一个牙齿坚硬的人摆开架势，一心要咬碎的一种东西。那些天使们的羽翼，是稀薄而透明的，一点儿也不神圣……这是属于他们世界的东西。

而且，三人很早就知道，这不过是深夜行驶在电车线路上的无数车辆的前灯，从对面玻璃窗上折射而来的、一瞬间四散而去的亮光。

——他们走到通往地下室的楼梯旁边，彼得这才点亮了蜡烛。在这之前，是为了避免管理人一家看到火光而产生疑虑。脚下的楼梯浮动着一段段巨大的影子，这些影子又随之隐退于黑暗之中。他们喜欢这种将世界置于飘忽不安之中的蜡烛的光焰。

“我也要拿，真狡猾，快给我呀。”

纪子从彼得手里夺过一支烛火。此时，灼热的蜡泪滴落在她手上，那里的肌肤蒙上了一块蜡烛的鳞片。

他们每次来这里，总是对这间地下室抱着新的期待。这里是“美好”的住居，是属于他们自己专有的“未知”，只能由他们自己管理这座场地的神秘。

三

对于纪子来说，三人待在一起所产生的梦境，就是两个男人正处于一触即发的关系之中，即将围绕着纪子迸发出战斗的火花。两只公鸡和一只母鸡待在一起，事态肯定会这样发展下去。但是，他们不是鸡，也不是西部剧中的人物。那种事儿一开始就不可能有，纪子对这一点也十分清楚。

然而，为什么是不可能的呢？海米那墨镜后面的目光，一直是朦胧不清的，彼得的眼睛又在不断浮动，没有一定的目标。这样的两个人甚至不会相互对视一下。人们目不转睛地凝视他人的时候，不论是敌意还是友情，都表示对他人的存在和他人的世界抱着容许的态度。这个可以说是模仿世俗人的手法。

纪子时时巴望着两人之中不管是谁，能有一人再瞥上自己一眼，就像在橱柜一角里发现久未找到的东西，眼睛倏忽一亮。但是，就连如此程度的小事，一次也没有发生。

纪子每次到这座教堂来，尤其是踏上通往地下室的楼梯的时候，总是怀着一种梦想。这地下的黑暗中，今夜将展开一场男女浴血混战，将像中世纪的戈布兰挂毯[①]一样。

——彼得走到楼梯底下，擎着烛火，行进于黑暗之中。即便在这种黑暗里，海米那也没有摘下墨镜。

地面上的水泥碎片在他们脚底下咯吱咯吱地响着，彼得的蜡烛照亮了横架在低矮天棚上的粗大的水泥梁柱。黑暗之中，又清晰地浮现出一张宽大的扶手椅，扶手两端堆积着一二寸厚的蜡烛的余烬。彼得将一支蜡烛竖立在一端，纪子将一支竖立在另一端。没有人坐的椅子供着两支烛火，带着奇异的威严。

“谁去坐？”

纪子问。彼得顽皮地戴着墨镜，使劲儿往上一坐，仿佛要把椅子坐塌，那样子看起来，就像一个真正的苍白的幽灵。

海米那抱着纸袋伫立于黑暗之中。他后退两三步，碰到一张满是尘埃的桌子。这张桌子也和椅子一样，是举行聚会时被谁搬进来的，这张破旧的办公桌，在这庄严的黑暗里，呈现着一种鲜明的、庄严的物象。

“我姐姐对我说，她最近于深夜中在六本木拾到一只衣柜。姐姐刚结婚，她和丈夫两人手拉手走着，看到路中央有一只衣柜，是一只镶满黑色金属片的古风的衣柜。周围的商店都关门了，没有一个行人，这只衣柜为何会孤零零放在这儿呢？……他们俩立即精明地将衣柜搬回公寓，至今还在使用。”

“大凡家具都是这样的。”黑暗中传来海米那缓缓解开谜底似的话音。“不知为何原因，突然出现于黑暗之中。人的生活就带有

---

① 十五世纪时由法国戈布兰家族（Gobelins）创制的挂壁织品。

几分可怖的调子，椅子、桌子和衣柜，对这一点很清楚。所以会在黑暗里猝然出现，就像一只大黑猫。”

“我死啦，我死啦。”彼得震颤着身子，颓然地坐着，带着老人的声色说道，“我的遗产有二十亿，可以都用在举办摇摆舞会上。也可以将这座教堂买下来。我的遗骸嘴里盛开着百合花，从百合花瓣里升起一架直升机。这架直升机散发着广告……”

“我捡起一张广告，沾满了泥水，字迹漫漶不清。”

海米那在黑暗里说道。

“广告上写着：人工洗衣机，按月分期付款，带有全套甩干设备。”

他们想清静一下，又耐不住阴森的气氛。纪子打开半导体收音机，传出夜间放送的爵士音乐。彼得和海米那分别将剩余的八支蜡烛，一一插在水泥墙刺出来的弯曲的铁丝上，然后全部点着火，地下室立即变成一座豪华的殿堂。他们喜爱这种音声伴随凝重的回响的环境。可以认为，这正是黑暗的四围中有人看着他们、并护卫着他们的明证。回响让平凡的语言听上去不平凡，也赋予无聊的玩笑以神秘感。彼得再次将身体深深埋在椅子里，就着烛光，优雅地审视着涂满指甲油的手指。

十支蜡烛的火焰银白闪亮，个个扩展着光轮，周围的黑暗在闪烁的火光中不断地浮动。

“忘记焚香啦！”

纪子喊道。

“对，焚香！”

彼得也从椅子上跳起来，抓起一支蜡烛。

海米那跟在蹦蹦跳跳的两个人后头，慢腾腾地走到房子的一隅。那里有个二尺见方的小小排气口，镶着铁格子的内里，隐隐滴落着户外的光点。眼前的铁格子上堆满了落叶，有一半落叶已经化成腐殖土了。一个格子里斜斜地卡着一个黝黑的头颅，那是小猫的头。看来那只猫受伤了，逃进排气口，挣扎着打算进入地下室，结果半个脑袋卡在铁格子里，死了。

小猫圆睁着两只玻璃球般的眼睛，聪明地紧闭着嘴，竖立着两只小小的耳朵，但头上的毛都剥落了。仔细一看，不是剥落，而是被火烧得紧贴在一起了。

纪子恭恭敬敬从彼得手里接过蜡烛，凑近小猫的头颅。蜡烛在倾斜的火焰中蹦裂，爆出类似小指甲弹拨的声响。忽然，猫头飘起一股烟雾，周围弥散着一种黑暗而浓重的气味。这正是“他们的”气味。

“发出了烤焦的声音。”

纪子兴高采烈地说。此时，她的敏锐的耳朵听到收音机里声音开得很低的爵士乐早已变成理查德·安东尼的《呀呀摇摆舞》。

“呀，呀，跳起来吧！彼得，跳吧！”

彼得把蜡烛交给海米那，纪子立即跑过去将收音机的音量调高。他们在光溜溜的水泥地上，疯狂地摆动腰肢跳起舞来。犹如钟摆一样，腰部和两手向左右摇摆，幅度越来越大。彼得扭着身子，纪子仰着身子，他们晃动的身影重重叠叠印在墙壁上。他们的舞姿搅乱了房间，仿佛使得整个屋子剧烈地摇晃起来。

两个人掀起的旋风，刮到墙壁上的蜡烛旁边，火焰一起倒伏下来，胡乱地伸向不同的方向。

海米那用沉静而厚实的手掌守护着自己的烛火。他的浓绿的墨镜片上，将摇曳的烛光映照得渺小而又精巧。“停止吧。”他低声说道。接着又说了一次。正在跳舞的两个人没有听到他的话。

海米那低吼一声：

“停止！今夜不是来跳舞的！”

四

在海米那的命令下，三个人开始喝酒。海米那从桌子上面的纸袋里掏出啤酒和可口可乐，摆在地面上。他和纪子喝啤酒，彼得喝可口可乐。

他们很快醉了，就连彼得在喝了一瓶可乐之后也醉了。想醉就能马上醉。一下子踏入一无所有的空间，对于降落伞部队队员来说，这算怎么回事呢？不管是好是歹，他们就这样生活过来了。

“我们做游戏吧。你把我想象成某种东西，我立即变成你所指名的东西，然后我再为你指名。”

海米那醉醺醺的，用更加缓慢的语调说道。彼得立即凭借天生的果断向他伸出经过精心修剪的指头。

“冰箱！”

“好的，火腿！”

海米那指着纪子。

“你……榨汁机！”

——海米那“扑通”坐在地上，在自己胸前做出大敞开门的姿势，冰箱的门开了，冷气立即漏出来，海米那的胸前，冰冻的电灯一下子亮了，照出空虚的肋骨架子。纪子变成一根浓艳的火腿，她袒露着比裸体更加赤裸的桃红的肌肤，亲昵地从海米那的膝盖爬到他的胸脯，紧紧地抱着他。

“吧嗒”一声，海米那两手交合，锁上了冰箱门。

彼得绞尽脑汁将各种水果、蔬菜从自己的头部装进去，抖动着全身，旋转好几次，制作着富有美丽幻想色彩的果汁。

“要加进鸡蛋，这样才有营养。”

他在自己的头顶上灵巧地打着无形的鸡蛋，一个，再来一个。

——接着，三人互相拍着肩膀大笑起来，但是，墙壁传来的明显的回响，中途阻止了他们的笑声。

“下面变成什么呢？……纪子……眼药！”

“海米那，就算个指甲刀吧。”

“彼得，对了，你是搔痒的小耙子，好吗？”

三人的身子扭成一团，互相缠绕，纪子将指头伸向他们两人的眼睛，海米那瞄准其他两人的指甲蠢动，彼得一边钻缝儿，一边耙挠着两人的脊背。接着，三个人又一次大笑起来。

他们到最后也不知道为何要做这种游戏。他们每次改变形式，地球就似乎短时间停滞，这个世上不管多么啰唆的约定都可以免除。如今这个时间里睡眠的芸芸众生，无疑在梦中也不知道自己是俗众，正在呼呼大睡吧。海米那他们借助安眠药总是半睡半醒，全部肩负起作为人的忧烦，就这样一年年衰老下去。

海米那用漠然的头脑，追逐着彩虹般的思考。

“如今，俗众正在睡觉。世界上他们的人数是相当庞大的。大体上在这个时刻睡眠的可以说都是俗众。……是的，让我们走进他们的梦境之中吧。让我们化作他们梦想中低俗、甜蜜而污秽的青春形象吧。这比化作冰箱更加富有幻化的价值。于俗众们可哀的乡愁中，我变成二十二岁的青年，纪子变成十九岁的少女，彼得变成十八岁的少年。巧妙的变化是一种最可厌的变态！本人一等丑恶，一等反逆！”

彼得和纪子于摇曳的烛光中，看着海米那，他说的话，带着可憎的恶意和恐怖向四方飞散开去。

三人最后决定这样试试看，因为也没有别的可干。

彼得从来没有扮演过十八岁的世俗少年，这种事在他的想象之外。这种人怀着怎样的心情每天早晨刷牙，又怀着怎样的心情吃饭呢？他连想都没有想过。然而，游戏终归是游戏，他无论如何都要扮演一个满脸青春痘（彼得脸上没有一粒），纯真、清洁，心里感到惊喜或羞愧时就马上脸红的朴讷的少年。

“纪子……”

他战战兢兢地喊道，脊背掠过一股寒气。

看到纪子一味放荡地大笑，海米那低声骂道：“不行，不准笑！放正经些！”

彼得心中爱着这位少女，但一想到他曾抱过的那对干瘪的乳房，心中的思念立即消失了。难道自己真的无法爱上眼前的那张面孔吗？然而，这张少女的面孔由于贪玩而更加疲惫和瘦削，涂上白粉后越发显得苍白，再加上上下浓密的眼线，在烛光里望过去，犹如一个溺死鬼。

彼得在心里念叨着，不论怎样，只管爱下去再说。傻乎乎怀着一腔痴情，相信这位姑娘是世界首屈一指的美人，世界上少了她就将变得空虚，相信自己的梦想就是同这位姑娘结婚、建立美满幸福的家庭……啊，要是这些都能相信，还不如相信自己是个榨汁机更容易些。

“在这里接个吻看看。”

海米那说。

纪子闭上眼睛，撅着嘴唇，特意使胸脯剧烈地一起一伏。彼得摸摸她伸在地面上的手，轻轻地握住，女人的手沾满水泥地上的粉末，干巴巴的。

海米那站在那儿，低着头，让烛火照亮着自己的面孔，他带着一副催眠师的语调说道：

“不能接吻吗？太纯真啦。十九岁的大姑娘和十八岁的小伙子，在现代爵士乐的伴奏下，显得何等可爱！握在一起的手不住地颤抖。”

纪子的手确实在微微震颤，彼得深感惊讶。在炫目的烛光照射下，他闭上了眼睛，只能听到收音机里低沉的爵士鼓的独奏。他很害怕海米那，由于海米那的黑暗的压力，他觉得自己就要化身，再也不能还原本来面貌了。

他想听一种更加明朗的音乐。那种音乐，使得整个世界变得乌七八糟，到处爆出绝望的火花……然而，闭着眼睛的彼得的面前，展开了黑暗的深渊，眼下胃里就要嗝出可口可乐的味道。纪子的嘴唇在黑暗中浮动，犹如远方火场的火焰。那是同自己毫无关系的远方的火灾现场……会有如此的黑暗吗？每天早晨都要刷牙的十八岁少年，见到过这样的黑暗吗？那些人所说的黑暗，多半都像鞋油一样感觉迟钝……

突然，彼得从恐怖中站立起来，登上后楼梯，穿过熟悉的黑暗，沿着一楼狭窄的走廊，又奔向通往尖塔的螺旋阶梯。

海米那和纪子面面相觑，急不可待地跟随彼得一路跑去。蜡烛攥在海米那手中，随着奔跑，火焰向后方倒伏，眼看就要熄火了。

为了通向尖塔顶端，登完螺旋阶梯后，必须紧接着再踏上一段悬空的梯子。眼看着彼得就要登完这段阶梯了。

海米那和纪子站在楼梯下面，螺旋阶梯尽头，敞开着一个黑暗的洞口，梯子由那洞口的边缘一直连接着尖塔的内壁，还保留着彼得登过之后微微的晃动。彼得团缩在一起的黝黑的身影，遮挡着高高尖塔淡蓝的窗户。

“彼得，你在干什么？快下来吧！那里面什么也看不见。”

好半天没有回答，不一会儿，听到尖塔内壁一阵响亮的撞击声。

“我看到月亮啦！”

然而，他们两人明知现在是梅雨时节，阴云密布，夜已深沉，天空正要下雨呢。

“撒谎！”

海米那举着蜡烛说道。

“他本来就爱撒谎。”

纪子说罢，咂咂舌头，烛光清晰地照耀着她的干裂的嘴唇。纪子撅着嘴，再一次嘀咕道：“讨厌的家伙，他就爱撒谎！”

图书在版编目（CIP）数据

鲜花盛开的森林·忧国/（日）三岛由纪夫著；陈德文译.
—上海：上海译文出版社，2013.5（2024.2 重印）
（三岛由纪夫作品系列）
ISBN 978-7-5327-5985-9

Ⅰ.①鲜…　Ⅱ.①三…　②陈…　Ⅲ.①短篇小说—小
说集—日本—现代　Ⅳ.① I313.45

中国版本图书馆 CIP 数据核字（2012）第 291429 号

鲜花盛开的森林·忧国
花盛りの森·憂国

[日] 三岛由纪夫 著
陈德文 译

出版统筹 赵武平
责任编辑 刘 玮 于 婧
装帧设计 柴昊洲

图字：09-2011-639（1）号

上海译文出版社有限公司出版、发行
网址：www. yiwen. com. cn
201101　上海市闵行区号景路 159 弄 B 座
上海市崇明县裕安印刷厂印刷

开本 890×1240　1/32　印张 8　插页 2　字数 107,000
2013 年 5 月第 1 版　2024 年 2 月第 4 次印刷

ISBN 978-7-5327-5985-9/I·3550
定价：39.00 元